Torge Naß

Auf der anderen Seite des Ichs

Roman

Zuvor erschienen:
„Das Licht am Ende des Traums" - BoD 2017

2. Auflage © 2020
Layout & Gestaltung: Torge Naß
Herstellung und Verlag:
Books on Demand GmbH, Norderstedt

ISBN: 9783752604856

Für Richy,
weil das ja klar ist.
Und für meinen Bruder
— er weiß warum.

„Sag mal, wie ist es eigentlich *in der Sphäre* zu sein?", fragte Ben. Laila musste einen Moment überlegen, bevor sie darauf Antworten konnte.

„Eigentlich ist es gar nicht wirklich. Das war ja gerade der Punkt. Man will nichts, entbehrt nichts, fühlt im Grunde gar nichts", antwortete sie schließlich. Ben schürzte die Lippen.

„Und wie genau muss ich mir das vorstellen?", fragte er weiter. „Ich meine, du warst dabei doch nicht bewusstlos." Laila schüttelte den Kopf.

„Nein. Es ist eher, als würde ich ganz und gar in mir drin sein, vollkommen abgeschottet von der Außenwelt. Um mich herum war zwar überall Wasser, aber das lag nur daran, dass ich in das kleine Aquarium gestarrt und mir dabei vorgestellt hatte eine Garnele zu sein."

„Weile eine Garnele nichts will", ergänzte Ben murmelnd, weil er sich an einen entsprechenden Eintrag in Lailas Tagebuch erinnerte. Er hatte es Zuhause gelesen, als er nach einem Weg gesucht hatte, Laila aus der Sphäre zu befreien. Es war ihm schließlich auch gelungen. Aber so richtig konnte er den Zustand in den sich seine Stiefschwester versetzte hatte, noch immer nicht begreifen. Er hoffte nur, dass sie nie wieder das Bedürfnis entwickelte, dorthin zurückzukehren.

„Sehnst du dich manchmal noch danach?", fragte Ben vorsichtig.

„Sehnen ist sicher der falsche Ausdruck dafür", erwiderte Laila. „Das klingt, als hätte ich es gern gemacht. Dabei war es vielmehr eine Flucht. Eine Flucht vor dem Schmerz. Ohne mein Leiden gibt es auch keinen Grund dorthin zurückzukehren. Dann ist etwas wieder besser als nichts." Ben nickte leicht, war jedoch noch nicht beruhigt.

„Leidest du denn noch so sehr?", hakte er nach und entlockte Laila damit ein flüchtiges Schnaufen.

„Im Augenblick geht es", lächelte sie ihren Bruder an.

BREAKING THROUGH

Hey Ben,

Ich habe mir erlaubt, dir ein paar Überlebenstipps für eure Reise in dein Tagebuch zu schreiben. Ich kann ja schließlich nicht ewig auf euch aufpassen, nicht wahr?

Seit aber nicht traurig, dass sich unsere Wege trennen. Vielleicht sieht man sich eines Tages wieder. Grüß auch den kleinen Wuschelkopf von mir.

Ging ab mit euch!

Euer Eli

LEKTION 1

Lernt zumindest ein paar Brocken Spanisch, denn Englisch wird euch außerhalb eines Flughafengebäudes nicht sehr weit bringen. Eure Grammatik kann dabei ruhig absolute Grütze sein. Die Leute werden schon verstehen und freuen sich, dass ihr es versuchst. Habt also keine Angst, sondern haut einfach raus. Und zur Not spricht Alkohol bekanntlich jede Sprache.

Der nasskalte Wind blies durch die Nacht, ohne dass Ben ihn spürte. Entsetzt starrte er seine kleine Schwester an, die nur mit einem Krankenhaushemd bekleidet auf der Brüstung des Daches stand. Er wollte sie auf keinen Fall erschrecken, damit sie nicht herunter fiel. Darum hatte er sich ihr bis hierher nur langsam und mit ruhigem Schritt genähert, obwohl sein Herz unerbittlich raste. Es war stockfinster. Der Regen hatte aufgehört, aber die dichte Wolkendecke verbarg noch immer Mond und Sterne. Plötzlich konnte Ben deutlich sehen, wie sich Laila kaum merklich nach vorn neigte, bereit sich in die Tiefe zu stürzen. Ben stockte der Atem. Sofort vergaß er alle Vorsicht und rief Lailas Namen. Sie reagierte nicht, also rief er noch einmal:

„Laila, bitte, komm da runter!" Sein Ruf verhallte stumm in der Dunkelheit. Dennoch drehte sich Laila flüchtig um, schien ihn jedoch gar nicht richtig wahrzunehmen. Unbeeindruckt wandte sie sich wieder dem Abgrund zu. Wie in Zeitlupe breitete Laila die Arme aus und lehnte sich erneut nach vorne.

„Laila, nicht!" Dieses Mal schrie Ben aus vollem Hals, doch er hörte seine Stimme nicht. Überhaupt hörte er keine Geräusche. War das zuvor auch schon so gewesen? Er dachte nicht darüber nach, sondern rannte so schnell er konnte auf seine Schwester zu. Aber die Luft schien so dicht, dass man sie hätte schneiden können. Es schien, als käme er überhaupt nicht vom Fleck. Er schrie und strampelte, kämpfte gegen die Panik an, seine Schwester für immer zu verlieren. Laila kippte unaufhaltsam weiter. Dann ganz plötzlich, wie durch einen kurzen Zeitsprung hatte Ben sie erreicht und schaffte es in letzter Sekunde, ihre Beine zu umschlingen. Er stemmte sich mit aller Kraft gegen

Lailas übermächtigen Moment nach vorn, hatte sie aber zu weit unterhalb zu weit ihres Schwerpunktes zu fassen bekommen. Ihr Gewicht zog sie unaufhaltsam weiter. Stück für Stück wurde Bens Umklammerung aufgehebelt, bis er seine Schwester nicht mehr halten konnte. Mit einem Ruck wurde Laila aus seinen Armen gerissen und stürzte von der Brüstung. Entsetzt sah Ben zu, wie sie stumm in die Dunkelheit entglitt. Ein stechender Schmerz durchzog seine Brust. Er wollte schreien, bekam jedoch keine Luft. Japsend und mit einem stechenden Schmerz in der Brust versuchte er Luft einzusaugen, aber da kam nichts. Er konnte einfach nicht mehr atmen.

Dann schreckte Ben aus dem Schlaf. Keuchend rang er nach Atem, während er versuchte, sich klar zu werden, wo er sich überhaupt befand. Die Sonne schimmerte warm und freundlich durch die karierten Vorhänge vor dem kleinen Fenster des Hostelzimmers. Laila lag seelenruhig neben ihm im Bett und schlief. Die dünne Andenluft und die Anstrengungen von der Anreise hatten Laila am Abend erschöpft ins Bett fallen lassen. Nun schlief sie endlich einmal durch. Ben konnte beobachten, wie sich ihr Brustkorb langsam und sachte hob und wieder senkte. Sie sah so friedlich und unbekümmert dabei aus, dass er sich schnell wieder beruhigte. Sie war da. Sie lebte. Anders als in seinem Traum kurz zuvor hatte Ben seine Schwester in jener Nacht mit letzter Kraft zurückziehen können. Nun schien es ihm geradezu an ein Wunder zu grenzen, dass ihm dies gelungen war. Sie hätte fallen müssen. Er wusste nicht, wie er es geschafft hatte, Laila zurückzuziehen, aber sie hätte in jener Nacht sterben müssen. Es schien allen Gesetzen der Mechanik zu widersprechen und doch lag sie nun vollkommen unversehrt neben ihm. Natürlich ging es ihr so weit weg von der Schule und ihrer gewohnten Umgebung noch nicht sofort besser. Wie auch, selbst wenn man noch so schnell flüchtete und an die entlegensten Orte der Welt reiste, nahm man sich und seine Probleme überall mit hin. Da konnte man kaum erwarten, dass sich Lailas Depression von einem Tag auf den anderen einfach verflüchtigte. Wenn diese Reise wie erhofft einen positiven Effekt auf ihr Gemüt haben würde, dann würde sich dieser womöglich erst im Nachhinein einstellen, wenn all die neuen Erfahrungen verarbeitet und in üblicher Manier von Laila zerpflückt sein würden. Bei ihr wurde immer alles fein säuberlich zerdacht. Nichts wurde einfach so hingenommen, wie es war. Ben hoffte nur, dass sie bereits stabil genug war, um nicht wieder in eine ihrer Episoden zu verfallen. Er wusste nicht, ob er im Stande war, seine Stiefschwester ohne Hilfe zu beruhigen und unter Kontrolle zu kriegen. So gesehen war es sicher nicht die beste Idee gewesen, diese Reise allein zu unternehmen. Oder doch gerade deswegen? Am Ende könnte er vielleicht noch selbst an sich wachsen.

Ben beschloss Lailas geruhsamen Schlaf nicht zu stören. Schlafen war zweifellos besser als wie ein Shrimp zusammengerollt auf dem Boden zu liegen und der Realität zu entfliehen, was sie Zuhause oft getan hatte. Ein gesunder Geist brauchte regelmäßige Erholung. Außerdem hatten sie noch gar keine konkreten Pläne, die einen frühen Sprung aus den Federn erfordert hätten. Also war es eine gute Gelegenheit für ihn, schon mal Frühstück zu besorgen und dabei die nähere Umgebung zu erkunden. Vorsichtig stand er auf und zog sich an. Dann trat er gähnend aus dem Hostelzimmer auf die Galerie des ersten Obergeschosses, von wo aus er in den noch menschenleeren Innenhof blicken konnte. Alle Wände, Säulen und Geländer erstrahlten in kräftigen Farben, wenngleich das Gebäude einen neuen Anstrich gut vertragen konnte. Denn die Farbe blätterte an allen Ecken und Kanten ab. Selbst die psychedelischen Graffitis, die an manchen Wänden prangten, hatten ihre schönsten Zeiten bereits hinter sich. Alles in allem hatte das Gebäude voller Möbel, die zu Hause als Sperrmüll gelten würden, für einen Studenten wie Ben aber einen geradezu familiären Charme. Er reckte sich noch einmal, bevor er leise die Tür zuzog und die schmale Treppe in den Hof hinunterging. Unten kam er am Rezeptionszimmer vorbei, wo ihm das Mädchen von der Frühschicht lächelnd *buenos dias* wünschte. Ben erwiderte den Gruß und nutzte die Gelegenheit, seine nicht vorhandenen Spanischkenntnisse zu verbessern. Er hatte schnell begriffen, dass man in diesem Land außerhalb von Flughäfen mit Englisch nicht sehr weit kam. Zumindest rudimentär Spanisch zu lernen, erschien ihm daher als aller erstes Gebot. Ohne das Übersetzungs-Tool auf seinem Smartphone wäre er allerdings aufgeschmissen gewesen.

„Disculpe... äh... donde puedo comprar desayuno?", las er vom Display, überzeugt die Aussprache vergewaltigt zu haben. Aber zum Glück waren Mitarbeiter eines Hostels im Stadtzentrum radebrechende Touristen gewohnt. Die junge Frau zückte sogleich lächelnd einen Flyer mit einer Karte der Altstadt.

„Estamos aquí", sagte sie und malte mit einem Kugelschreiber einen Kreis auf die Karte. „Hay tiendas con pan y huevos aquí, aquí y aquí." Drei Kreuze folgten dem Kreis auf die Karte. Im Grunde gab es an jeder Ecke einen kleinen Laden, wo man das Nötigste kaufen konnte, da Supermärkte in der Stadt eher sporadisch angesiedelt waren. Ben bedankte sich und nahm die Karte entgegen. Das Mädchen lächelte erneut.

„Me llamo Ben y tú?", fragte Ben, weil er sie zuvor noch nicht im Hostel gesehen hatte.

„Soy Carmen", antwortete sie. Hastig tippte Ben in sein Telefon.

„Un placer, Carmen, hasta luego!" Als Ben aus dem kühlen Hof auf die Straße trat, erschlug ihn fast das gleißende Sonnenlicht. Es war nicht eine Wolke am Himmel zu sehen. Das schwere Tor fiel unmittelbar hinter ihm zu und seine Sonnenbrille hatte Ben natürlich auf dem Zimmer liegen lassen. Schließlich hatte er nur schnell etwas einkaufen wollen. Aber jetzt noch einmal an der Tür klingeln, damit Carmen ihn wieder hineinließ? Wie blöd stünde er dann da? Man kam nämlich nur ins Hostel hinein, wenn man klingelte, damit sich keine Langfinger einschlichen. *Die paar Minuten wird es schon gehen*, dachte Ben und schlenderte los die alte Kolonialstraße hinunter.

~

Langsam kam Laila zu sich, wälzte sich aber noch eine Weile umher, weil sie die Geborgenheit des sorglosen Schlafs nicht aufgeben mochte. Zu selten hatte sie diesen in der vergangen Zeit gehabt. Schließlich musste sie aber einsehen, dass es keinen Sinn hatte sich dagegen zu wehren. Sie war wach: Zeit, den Tag zu beginnen. Ächzend reckte sie sich, bevor sie zaghaft die Augen öffnete. Dem Licht zu Folge musste es mitten am Tag sein, aber ein Blick auf ihr Mobiltelefon lies sie sich sogleich dafür verfluchen, dass sie bereits wach war. Es wurde offenbar sehr früh hell. Doch es nützte nichts, nun würde sie sicher nicht mehr einschlafen. War Ben auch schon wach? Sie drehte sich herum. Die andere Seite des Bettes war leer. Mühsam kämpfte Laila sich aus den Decken, um aufzustehen. Im Badezimmer war er auch nicht. Enttäuschung machte sich in Laila breit. Ben würde sicher gleich wiederkommen, aber ihre Hoffnung auf gemeinsames Aufwachen, die ihre von romantischer Träumerei über Jahre hinweg eingepflanzt worden war, musste sie für diesen Tag aufgeben. Davon ließ sie sich zunächst nicht unterkriegen. Die gemeinsame Reise hatte schließlich gerade erst begonnen. Es würde noch viele weitere Gelegenheiten geben. Ohnehin würden sie so viel Zeit mit einander verbringen wie lange nicht. Statt sich zu grämen, schlurfte sie also, verschlafen wie sie war, hinaus auf die Galerie der ersten Etage ihres Hostels. Sie brauchte eine Orientierung, was die Uhrzeit hierzulande gesellschaftlich bedeutete. Dabei störte sie nicht, dass sie ungekämmt war und nichts als ihr Höschen und ihr verwaschenes „FUCK THE EARLY BIRD!" T-Shirt trug. Denn sie erwartete nicht, um diese Zeit viele Leute zu treffen, und im Grunde war es ihr auch egal. Sollten die Leute sie doch sehen. Außerdem war das Gebäude so konfus verwinkelt, dass man diese Ecke kaum wahrnahm – besonders nicht von unten, wo sich das meiste Leben abspielte. So früh an diesem Morgen war es der einzige Ort, wo sich überhaupt Leben abspielte. Laila hörte Stimmen im Hof, unter anderem die von Ben. Seine volle Lache wäre auch unter Tausenden herauszuhören gewesen. Hastig trat Laila an das steinerne Geländer. Und tatsächlich, dort unten stand Ben im Eingang zu dem Raum in dem die Rezeption lag. Er trug ein paar Einkäufe im Arm und schien gut gelaunt zu sein. Mit wem er sich wohl unterhielt? Neugierig schlich Laila ein Stück um die Ecke, bis sie besser in den Raum unten im Hof blicken konnte. Vor dem Schreibtisch stand eine junge Peruanerin, die gerade Schicht an der Rezeption zu haben schien. Laila verstand nicht, was sie sagten, aber sie glaubte auch nicht, dass es auf den Inhalt ankam. An Bens Stelle würde sie auch mit dieser hübschen Latina mit sienafarbener Haut und runden Brüsten flirten. Das änderte aber nichts daran, dass es für sie, als hoffnungslos verliebte Laila, ein unweigerlicher Stich ins Herz bedeutete. Sie wusste, dass sie keinen Anspruch auf ihren Stiefbruder und auch keinen Grund zur Hoffnung mehr hatte. Nichtsdestotrotz tat es schrecklich weh. Sofort verschwand sie zurück ins Zimmer und warf sich auf das Bett. Nicht einmal die Tür hatte sie wieder zugemacht. Was nun? Was sollte sie tun? Wie sollte sie so die nächsten Wochen überstehen? Wenn es nicht diese sein würde, womit sie nicht einmal rechnete, dann warteten da draußen noch Millionen andere auf einen jungen, gut aussehenden Burschen aus Nordamerika. Eine hübscher als die andere, jede mit dem unwiderstehlichen Reiz des Exotischen. Das war zu viel. Schon begann Laila sich wieder auszuklinken. Ihr Blick verharrte leer auf der Wand.

Kurz darauf kam Ben herein. Er hatte spürbar gute Laune, denn er steckte voller Energie.

„Hey, du bist schon wach. Das trifft sich gut. Ich habe was zu essen besorgt. Hast du schon Hunger?", textete er sie fröhlich zu, während er die Einkäufe auspackte. Aber Laila drehte sich nicht einmal zu ihm herum. Da unterbrach Ben sein Tun.

„Ist alles okay?", fragte er. Laila antwortete nur mit einem leisen

„mhm". Ben seufzte. Immerhin war sie bei Bewusstsein und nicht wieder in ihre Sphäre abgedriftet. Aber etwas mehr Begeisterung hatte er sich schon erhofft. Er war nicht alle Tage mit seiner kleinen Schwester allein in der Welt unterwegs.

„Wie dem auch sei. Ich mache erst einmal Frühstück." Mit diesen Worten griff er sich ein paar Eier, Toast, Butter und Instantkaffee und verschwand auf die Dachterrasse, wo sich unter einem Wellblechdach die Küche für die Hostelgäste befand. Laila blieb noch einen Moment reglos liegen.

Nachdem Ben auf dem Dach seinen Kampf mit dem verkrusteten, alten Gasherd gewonnen hatte, kam er mit zwei gefüllten Tellern auf einem Arm und zwei Bechern Kaffee in der anderen Hand zurück ins Zimmer balanciert. Laila lag noch immer mit dem Gesicht zur Wand auf dem Bett.

„Kommst du essen?", fragte Ben, während er das Frühstück auf dem kleinen Holztisch ihres Zimmers abstellte. Laila rührte sich nicht. Würde er dieses Verhalten nicht schon kennen, wäre Ben vermutlich vergrämt gewesen. So schaute er nur einen Moment ratlos Lailas Rücken an. Dann beschloss er in die Offensive zu gehen. Er schnappte sich einen Kaffeebecher und setzte sich damit zu Laila auf das Bett. Verführerisch kreiste er den Becher vor ihrer Nase.

„Riechst du das? Ich liebe den Geruch von Kaffee am Morgen. Er riecht nach... Aufstehen", scherzte er. Laila grunzte, schien sich aber zusammenreißen zu wollen. Träge griff sie nach dem Becher und setzte sich auf. Grinsend wuschelte Ben durch ihr wildes Haar. Aber Laila wies ihn mit mürrischen Blick ab.

„Na komm! Wenn du noch keinen Hunger hast, trink einfach deinen Kaffee. Aber setz dich wenigstens zu mir, okay?", schlug Ben vor und endlich raffte seine Schwester sich auf.

Beim Frühstück schwiegen sich die beiden zunächst nur an. Ben wollte seine Schwester nicht nerven. Er wusste, dass man sie von sich aus kommen lassen musste – besonders am Morgen. Laila saß still am Tisch und starrte in die Schwärze ihres Instantkaffees.

„Was machen wir heute?", fragte sie schließlich ohne aufzusehen. Ben kaute zu ende, bevor er antwortete.

„Ich dachte, wir sehen uns heute erst einmal ein bisschen die Stadt an, einfach um einen Überblick zu gewinnen. Und heute Abend, habe ich erfahren, findet hier im Hostel eine Party statt, mit Cocktails und Bier zum halben Preis. Carmen meint, es würden sicher auch viele Einheimische kommen. Ich dachte, das wäre eine gute Gelegenheit, die Leute hier kennen zu lernen und ein bisschen Spaß zu haben."

„Eine Party?" Laila behagte der Gedanke an eine laute Menge fremder Menschen gar nicht. Für sie klang das eher nach Leute-Kennenlernen für Fortgeschrittene, als nach einer guten Gelegenheit. Ben trank einen Schluck Kaffee und bleckte skeptisch die Zähne.

„Wir müssen da natürlich nicht hingehen, wenn du nicht willst. Mir fällt spontan aber auch nichts besseres ein. Hast du eine Idee?" Laila schüttelte abwesend den Kopf. Vor ihrem inneren Augen tanzten schon die vielen einheimischen Mädchen in der Hostelbar und bezirzten Ben mit ihren Reizen. Wie kam sie nur aus der Sache heraus, ohne ihren Bruder zu enttäuschen?

„Wir müssen uns ja nicht jetzt entscheiden. Schauen wir einfach, wonach uns heute Abend ist, und sehen dann weiter", erlöste sie Ben fürs erste von ihrem Dilemma.

~

Freudig taumelte Eli an die Bar und nutzte die Gelegenheit, sich daran festzuhalten. Er hatte schon länger nichts geraucht, weswegen er gerade in den Genuss einer saftigen Welle kam. Sofort durchströmte ihn das vertraute Kribbeln, gefolgt von dem wohligen inneren Nebel, der ihn sanft umarmte. Zugleich wurde alles um ihn herum viel aufregender und interessanter, als es in Wirklichkeit war. Sogar der furchtbare Reggeaton wurde erträglicher. Das einzige, was nun noch fehlte, war ein kühles Bier gegen das Pappmaul. Doch woher nehmen und nicht stehlen? Eli hatte sein letztes Geld für das Gras ausgegeben, das er in der Tasche hatte. Für ein Bier war nichts mehr übrig. Vielleicht fand er ja ein hübsches Mädchen, das einen charmanten Kerl wie ihn auf ein Bier einlud, überlegte er. Hätte er bloß vorher die Gelegenheit zum Duschen gehabt. Doch es würde schon gehen. Bisher war es noch immer gegangen. Gut, das waren dann meist andere Backpackerinnen gewesen, die genauso bekifft waren wie er oder leichte Mädchen mit wenig Optionen, und in dieser Hostelbar tummelten sich vor allem aufgebrezelte Latinas, die darauf hofften, von einem hübschen, weißen Touristen mit Geld abgeschleppt zu werden. Dennoch war es einen Versuch wert.

Ruckartig richtete Eli sich auf und drehte sich zur Menge. Mit dem Rücken an den Tresen gelehnt schaute er sich in dem schummrigen Gewölbe um. Dunkle Gestalten tanzten vor bunten Graffitis, deren Neonfarben im Schwarzlicht leuchteten. Eli musste sich anstrengen, um die Gesichter dieser Gestalten zu erkennen. Aber niemand schien ihn auch nur wahrzunehmen. Die Party war im vollen Gang, das Leben spielte sich auf der Tanzfläche ab, wo die meisten Tanzwilligen bereits einen Partner gefunden hatten. Wie sollte er unter diesen widrigen Umständen den nötigen Augenkontakt herstellen? Eli ließ seinen Blick über die Grüppchen am Rand schweifen. Überwiegend Gringos, die sich noch nicht in der Menge akklimatisiert hatten. Aber schließlich fiel sein Blick auf den Eingang und Augenkontakt spielte fortan keine Rolle mehr. Denn dort kamen gerade zwei Touristen herein, die Eli hier noch nicht gesehen hatte, ein Junge und ein Mädchen, die seine ganze Aufmerksamkeit auf sich zogen. Das Mädchen sah einfach umwerfend aus. Ihre scharfen Gesichtszüge wurden von unbändigen Haarsträhnen umspielt. Ihr junger Körper war zwar nicht unbedingt üppig gebaut, wurde jedoch von einem engen Sommerkleid betont. Für Eli in seinem Rausch war sie eine Elfe und er musste sie unbedingt kennenlernen. Er konnte sehen, dass die beiden zusammen gehörten. Aber das musste ja nichts bedeuten. Also beschloss er, die Lage einen Moment lang zu sondieren. Eli beobachtete, wie die beiden sich einen freien Stehtisch mit Barhockern suchten und erst einmal Platz nahmen. Der Besuch der Party war offensichtlich nicht ihre Idee gewesen. Das machte ihre lustlose Miene unmissverständlich klar. Außerdem war er es, der sich sogleich neugierig in dem dunklen Raum umsah, bevor er sich aufmachte und zum Tresen durchkämpfte. Dort angekommen hatte der junge Gringo allerdings Schwierigkeiten, die Aufmerksamkeit der überforderten Barkeeper auf sich zu ziehen. In Hostels arbeiteten oft Studenten und Backpacker, die sich ein Zubrot verdienen wollten. Auf Profis stieß man hier nur selten. Eli witterte eine Chance auf ein Gespräch. Er stieß sich von seinem Platz an der Bar ab und taumelte hinüber zu dem Neuankömmling. So gepflegt, wie er aussah, konnte er noch nicht lange auf Reisen sein. Zumindest nicht als Backpacker in Peru. Und so unsicher, wie er schaute, hatte er keinen Plan, wie die Welt hier funktionierte.

„Wenn du etwas bestellen willst, darfst du dich nicht einfach still einreihen. Wir sind hier schließlich nicht in England", grinste er den Jungen an. Dann schnipste er flüchtig in Richtung eines der Bediensteten hinter dem Tresen:

„Oye, amigo!" Der Junge hinter der Bar nickte zum Zeichen, dass er gleich herüber kommen würde, wenn er mit dem Mixen der Getränke fertig war.

„Siehst du", wandte sich Eli wieder an den Gringo, „du musst einfach etwas lautstärker sein."

„Danke, sehr aufmerksam von dir. Wie es aussieht, hätte ich hier noch ewig gestanden", lächelte der Neuankömmling und musterte Eli, so gut es ihm in dem schummrigen Licht der Hostelbar möglich war. Mit Eli hatte er einen hageren Mann, vor sich der in den Dreißigern sein mochte. Seine gebräunte Haut spannte sich ledrig über seinen Körper und angesichts der verfilzten, schwarzen Haare und der verschlissenen Kleidung mochte man unsicher sein, ob er ein Backpacker oder ein Penner war.

„Kein Ding, Alter. Ich sah einen Mann ohne Bier und erkannte den Notfall. Mein Name ist Eli." Er hielt dem jungen Mann die knöcherne Hand hin.

„Ich bin Ben", antwortete sein Gegenüber und ergriff seine Hand.

„Freut mich, dich kennenzulernen, Ben. Mir scheint, du bist noch nicht lange hier im Land."

„Gestern Abend angekommen", bestätigte Ben grinsend. „Meine Schwester und ich wollen eine kleine Rundreise machen, ein bisschen Abenteuerluft jenseits des Alltags schnuppern." *YES*, dachte Eli Hoffnung schöpfend. Die beiden waren Geschwister. Also hatte er eine Chance.

„Dann habt ihr euch mit Peru genau das richtige Land ausgesucht. Hier wird es nie langweilig. Es passiert immer irgendwelche Scheiße. Wo ist deine Schwester?"

„An dem Tisch links vom Eingang." Ben nickte in die grobe Richtung, in der seine Schwester ihren trüben Blick über die Menge schweifen ließ. „Ihr Name ist Laila." Eli schaute sich das Mädchen noch einmal ausführlich an. Er stand nun etwas näher dran, sodass er sie besser erkennen konnte.

„Ein wirklich hübsches Ding, deine Schwester. Ist sie single?", wollte Eli wissen. Ben schürzte die Lippen, unschlüssig was er sagen sollte. Technisch war seine Stiefschwester nicht vergeben, de facto war sie aber auch nicht zu haben. Dann dachte er sich jedoch, dass sich dies auch nicht von ihr aus ändern würde. Warum sie also nicht einmal mit der Aufmerksamkeit anderer Männer konfrontieren? Eli sah zwar nicht so aus, als hätte er auch nur den Hauch einer Chance, aber irgendwo musste man schließlich anfangen.

„Ich würde mir nicht zu viele Hoffnungen machen, Laila ist... speziell. Aber versuchen kannst du es. Meinen Segen hast du", sagte er schließlich.

„Nice", grinste Eli. „Speziell ist sozusagen meine Spezialität." Dann kam auch endlich der Barjunge zu ihnen herüber.

„Si, que quieres?", fragte er.

„Ihr wollt zwei Bier, nehme ich an", erkundigte sich Eli bei Ben.

„Eigentlich wollte ich nur mir ein Bier bestellen, weil Laila nichts trinken will. Aber wo es heute schon zwei zum Preis von einem gibt, nehme ich natürlich gleich zwei", grinste Ben.

„Dos chelas, por favor", gab Eli dem Barjungen zur Antwort.

„BRAHMA?", fragte dieser zurück. Eli schüttelte den Kopf.

„PILSEN!" Dann wandte er sich wieder an Ben: „Deine Schwester kann ruhig etwas trinken, hier fragt keiner, wie alt sie ist. Man muss hier auch nicht 21 sein wie Zuhause."

„Als hätte die Altersbeschränkung je einen amerikanischen Teenager vom Trinken abgehalten. Nein, nein, sie trinkt aus Prinzip nichts. Ich sagte ja, sie ist speziell." Normalerweise hätte Eli protestiert und versichert, man müsse da lediglich etwas Überzeugungsarbeit leisten. Schließlich seien sie nicht zum Vergnügen da. Aber da hielt Ben ihm bereits eines der beiden Biere hin, die der Barkeeper gerade auf den Tresen gestellt und geöffnet hatte.

„Hast du Lust dich zu uns zu setzen? Wir kennen hier noch

niemanden und könnten etwas Gesellschaft gebrauchen", lud Ben ihn ein. Eli starrte erfreut auf die Flasche. Ein gratis Bier und die Gelegenheit mit Bens Schwester zu flirten? Manchmal konnte das Leben so einfach sein.

„Nun nimm schon, ich muss noch bezahlen", sagte Ben. Grinsend ergriff Eli die Flasche.

„Na, die Einladung nehme ich doch gerne an", sagte er.

„Cool! Was kostet hier noch ein Bier 7,90 Soles?", fragte Ben.

„7,50", antwortete Eli. Ben zeigte ihm den bestätigenden Daumen und wandte sich dem Barkeeper zu.

„Siete cincuenta", sagte dieser. Ben nickte nur und reichte ihm das Geld. Gemeinsam schlängelten sich Ben und Eli durch die tanzende Menge zurück zum Tisch der Geschwister, wo Laila noch immer wartete und skeptisch in die Menge blickte. Freudig machte Ben seine Schwester mit Eli bekannt, schaffte es jedoch nicht mit dankenden Worten über die verwahrloste Erscheinung der neuen Bekanntschaft hinwegzuspielen. Lailas Reserviertheit stand ihr ins Gesicht geschrieben – zumindest für jemanden, der sie gut kannte.

„Na hallo, wen haben wir denn da?", begrüßte Eli Bens Schwester. „Wer hätte gedacht, dass der Grünschnabel hier so eine bezaubernde Schwester hat." Grinsend reichte er ihr die Hand. Zögernd ergriff Laila sie und ließ sogleich wieder los, heimlich hoffend, dass es zu verschmerzen war, die Hand nun nicht gleich zu waschen.

„Hi, ich bin Laila." Elis Kompliment überging sie einfach. Aber davon ließ Eli sich nicht beirren.

„Prost erstmal", sagte er und hielt Ben seine Flasche entgegen. Dieser stieß flüchtig lächelnd an. „Hier in der weißen Stadt gibt es übrigens einen alten Brauch", begann Eli daraufhin zu erzählen, anstatt wie Ben einen Schluck zu trinken. „Bevor man trinkt, spritzt man ein paar Tropfen in die Richtung der drei Vulkane und spricht ein paar Worte zum Dank, dass sie die Menschen hier zwischen sich leben lassen", erklärte er und führte das ganze kurzer Hand vor. Ohne auf die umstehenden Leute zu achten benetzte er sich drei Mal hintereinander die Finger mit Bier und schnipste in drei verschiedene Himmelsrichtungen. Getroffene Personen drehten sich verwundert um, konnten die Herkunft der kühlen Nässe in ihren Nacken aber nicht entdecken, da Eli sie überhaupt nicht beachtete. Laila starrte ihn entgeistert an, während Ben den Eindruck nicht loswurde, dass Eli nicht einmal grob die tatsächlichen Richtungen getroffen hatte, in denen die Vulkane standen.

„Nein wirklich", sagte Eli. „Das macht kaum noch jemand, aber traditionell wird es so gemacht. Und beim Chicha-Trinken ist es üblich, den ersten Schluck auf den Boden zu gießen und PACHAMAMA, der Muttererde, zum Dank zuzuprosten."

„Einfach auf den Boden?", fragte Laila ungläubig.

„Na klar, das kennt man hier so", antwortete Eli. „Außerdem macht das auf dem Boden typischer Chicha-Bars sowieso keinen großen Unterschied. Glaubt mir." Laila hob die Augenbrauen und schürzte die Lippen, während Eli genüsslich seinen ersten Schluck Bier nahm. Ben grinste nur, weil seine ersten Eindrücke von Peru seine Erwartungen bereits stark nachkorrigiert hatten.

Zum Glück hatte er sich im Vorwege gar nicht groß informiert, sodass er auch nicht enttäuscht werden konnte.

Da kamen zwei Mädchen an den Tisch und fragten auf Spanisch, ob sie sich dazu setzen könnten. Ohne die anderen zu fragen, lud Eli sie ein. Es schienen keine anderen Plätze mehr frei zu sein und etwas mehr weibliche Gesellschaft konnte in seinen Augen nie schaden. Vielleicht konnte er Ben sogar bei ihnen parken, um sich in Ruhe allein mit Laila unterhalten zu können, dachte er sich. Aber die beiden Peruanerinnen verfielen sofort in eifrigen Tratsch und zeigten keinerlei Interesse sich überhaupt in die Gruppe zu integrieren. Einen Moment schaute Eli sie sichtlich enttäuscht an, aber die Mädchen ließen sich nicht davon stören. Schließlich wandte er sich wieder seinen neuen Bekannten zu.

„Also, was verschlägt euch zwei in die weiße Stadt?", fragte er sie. Ben und Laila schauten sich kurz verlegen an.

„Urlaub", antwortete Ben, weil Laila keine Anstalten machte es an seiner Stelle zu tun. „Wir wollten mal etwas von der Welt sehen und dachten, hier wäre ein guter Anfang, weil es noch nicht so touristisch überlaufen ist."

„Dann habt ihr in der Tat eine gute Wahl getroffen", bekräftigte Eli ihn. „Von hier aus sind viele Sehenswürdigkeiten gut zu erreichen. Und die weiße Stadt selbst ist auch ein guter Ort, um sich in vergleichsweise sicherer Umgebung mit den südamerikanischen Gepflogenheiten vertraut zu machen. Wenn man weiß, was man tut, und es nicht übertreibt, ist sie wie ein großer Abenteuerspielplatz für Erwachsene."

„Bist du schon lange hier?", wollte Ben wissen, um besser

einschätzen zu können, wie er Elis Aussagen zu bewerten hatte.

„Nicht allzu lange, nur ein paar Wochen", gab dieser zu verstehen. „Vorher war ich im Dschungel und habe dort eine Weile bei den Indianern gelebt."

„Echt jetzt?" Laila war überrascht.

„Ja, ich wollte immer schon mal so eine Ayahuasca-Zeremonie mitmachen", erklärte Eli, als stünde das auf der To-Do-Liste jedes zweiten Durchschnittsbürgers. Tatsächlich hatte Laila aber noch nie etwas von Ayahuasca gehört.

„Ist das nicht DMT?", fragte Ben und Eli nickte.

„Ich dachte mir, *wenn dann richtig*, also bei denen, die seit Tausenden von Jahren auf spirituelle Reise gehen." Laila sagten weder Ayahuasca noch DMT etwas, aber auch sie verstand nun, dass es um Drogen ging. Eine Erkenntnis, die ihr Bild von Eli nicht unbedingt verbesserte. Dafür war Ben sichtlich neugierig.

„Und wie war's?", fragte er, als ginge es um das erste Mal Sex. Eli schluckte etwas Bier hinunter und machte eine ausladende Bewegung, während er nach den passenden Worten suchte.

„Absolut unfassbar, sage ich euch. Eine der abgefahrensten Erfahrungen meines Lebens. Anschließend habe ich erst einmal eine Woche gebraucht das zu verarbeiten, bevor ich das Dorf wieder verlassen konnte. Aber die Indianer sind sehr freundliche und verständnisvolle Menschen. Ich habe mich dort sehr wohl gefühlt." Eli unterhielt die beiden eine ganze Weile mit Geschichten aus seinem Leben. Wie sich herausstellte, hatte er weder einen Job noch einen festen Wohnsitz. Vielmehr reiste er seit Jahren durch die Weltgeschichte, immer dorthin wohin es ihn trieb. Zuletzt hatte er einige Monate in Indien gelebt und in Tempeln mit den Mönchen meditiert.

„Ich habe leider nicht viele Fotos, aber hier sieht man mich mit meinem Meister bei einem Ritual." Eli zeigte ihnen ein Bild auf seinem zerschundenen, alten Smartphone. Ben war fasziniert und hörte seinen Erzählungen beeindruckt zu. Laila hielt ihn hingegen für einen absoluten Taugenichts.

„Was ist los mit dir, kleine Elfe?", fragte Eli sie irgendwann. „Du wirkst irgendwie abwesend, etwas niedergeschlagen vielleicht." Laila schüttelte leicht den Kopf und versuchte ein Lächeln.

„Nein, es ist nichts. Ich bin immer so", erklärte sie knapp.

„Klingt nicht, als hättest du viel Freude am Leben", erwiderte Eli offen und hatte unwissentlich den Nagel auf den Kopf getroffen. Aber er beließ es nicht dabei:

„Vielleicht brauchst du mal einen Lichtblick, jemanden der dir die Freuden des Lebens zeigt. Und wie es der Zufall so will, wäre ich heute Abend noch verfügbar." Ben sah allen Ausdruck aus Lailas Gesicht weichen. Offenbar hatte Elis plumpe Anmache sie etwas aus der Fassung gebracht. Aber Ben ließ es kommentarlos geschehen. Wenn Laila eines sicher konnte, dann war es ihre Ablehnung unmissverständlich zum Ausdruck zu bringen.

„Ich glaube nicht", sagte sie kalt.

„Was? Komm schon, gib mir einen Tanz!", bettelte Eli. „Du kannst dir auch das Lied aussuchen. Der Typ da vorn am Computer hat eh keinen Plan, was er spielen soll. Der freut sich über jede Anregung." Aber Laila schüttelte ruhig den Kopf.

„Mir ist nicht nach Tanzen zumute", sagte sie.

„Wirklich nicht?", fragte Eli.

„Wirklich nicht", bestätigte Laila. Daraufhin drehte sich Eli ohne Umschweife zu ihren unbeteiligten Tischgesellinnen und sprach sie auf Spanisch an. Ben hörte die Worte *bonitas* und *bailar* heraus, was ihm reichte um zu verstehen, dass Eli nun einfach die beiden Peruanerinnen anmachte. Deren Reaktion fiel nicht minder ablehnend aus.

„Realmente?!", begann eine der beiden ihre Antwort mit theatralischer Empörung. Wieder verstand Ben nur einzelne Worte wie *dos segundos antes*, gewann dadurch aber den Eindruck, dass die beiden Mädchen Elis kläglichen Versuch bei Laila zu landen, durchaus mitbekommen hatten. Kopfschüttelnd nahmen sie ihre Drinks und verließen den Tisch.

„Naja, dann eben nicht", grinste Eli und befand sich innerhalb weniger Worte wieder inmitten einer Anekdote aus seinem Leben; ganz so als wäre nichts geschehen. Laila hörte sich seine Geschichten noch eine Weile an, aber nach einer gefühlten Ewigkeit hatte sie schließlich genug. Die Begegnung zerrte auf die Dauer an ihren Kräften.

„Ihr könnt euch gern noch weiter unterhalten", sagte sie zu Ben. „Aber ich muss jetzt ins Bett. Das viele Laufen heute ist doch recht anstrengend gewesen."

„Ist gut", nickte Ben. „Schlaf gut, Wuschelkopf."

„Ja, gute Nacht", sagte Eli. „Hat mich gefreut, dich

kennenzulernen." Die beiden reichten sich die Hand und Laila zwang sich sogar noch ein Lächeln ab, welches Eli absolut bezaubernd fand. Nachdem Laila gegangen war, holte Ben noch zwei Bier zum Preis von einem.

„Sag mal, rauchst du gern mal einen?", fragte Eli ganz unverblümt, als sie gemeinsam anstießen.

„Ich müsste lügen, um zu behaupten, dass das nicht ab und zu vorkäme", grinste Ben und Eli grinste zurück.

„Hast du Bock mit aufs Dach zu kommen und gemütlich noch eine Kanüle zu verlegen?", fragte Eli weiter. „Keine Sorge, da oben ist um diese Zeit eigentlich nie jemand." Mit diesen Worten kam Eli der Sorge, die Ben bei dem Gedanken unweigerlich hatte, zuvor.

„Wohnst du eigentlich auch hier oder warum bist du dir da so sicher?", hakte Ben dennoch nach.

„Nö", antwortete Eli. „Aber ich gehe gern zu den Hostelparties. Die sind in der Regel entspannter als die Clubs und viele junge Frauen, die etwas erleben wollen gibst es auch – wenn du verstehst, was ich meine." Ben verstand. Also nahmen sie ihr Bier und machten sich auf den konfusen Weg aus schmalen Treppen auf die Dachterrasse. Oben angekommen legte sich Eli sofort in eine der beiden dort gespannten Hängematten.

„Wie für uns bestellt", bemerkte er. Schon holte er sein Drehzeug heraus und begann den Joint zu bauen. Ben stellte sich erst einmal an die Brüstung, um einen Moment über die Dächer der nächtlichen Stadt zu schauen, die sich zwischen den von Straßenlaternen gelb erleuchteten Straßen erhoben. Alles wirkte provisorisch zusammengezimmert und heruntergekommen. Und trotzdem ging von der Altstadt eine seltsam anziehende Atmosphäre aus. Ben vermochte es nicht zu deuten, doch irgendwie fühlte er, dass ihnen das erhoffte Abenteuer wirklich bevor stand. Immerhin war er schon in der zweiten Nacht in Peru drauf und dran mit einem völlig Fremden öffentlich Gras zu rauchen. Was würde also noch auf sie zukommen?

„Hast du schon öfter geraucht?", fragte Eli, während er Hanfkrümmel in den Tabak streute. Ben nickte.

„Auf den Parties an der Uni gehört das fast schon dazu", antwortete er.

„Dann mache ich trotzdem mal keine Anfängermische, wenn es recht ist", erwiderte Eli. Ben antwortete nicht sogleich, weil er noch dabei war sich vorzustellen, was Eli unter einer *Anfängermische* verstand, sah dann aber, dass Eli auch gar keine Antwort abwartete, sondern den Joint bereits zu rollen begann.

„Was studierst du?", wollte Eli wissen.

„Philosophie", antwortete Ben knapp und unaufgeregt, weil er es gewohnt war, dass die Leute sein Studienfach für eine brotlose Kunst hielten, und er das Thema gern überspringen wollte.

„Ach was, cool", sagte Eli jedoch und leckte den Klebestreifen des Longpapes an. „Dann sagt dir doch bestimmt Sam Harris etwas, nicht war?"

„Klar, allerdings beschäftigen wir uns im Studium nicht so sehr mit den zeitgenössischen Philosophen. Alles was aus den letzten 50 Jahren stammt, gilt bei uns praktisch als brandaktuell", gestand Ben und lachte kurz auf.

„Kein Ding, ich habe auch bloß ein Buch von ihm gelesen." Eli steckte sich den Joint an und nahm einen tiefen Zug, bevor er eine übelriechende Rauchwolke über die Dachterrasse wehen ließ. „Jedenfalls", fuhr er fort und nahm sogleich den nächsten Zug. „Jedenfalls gab es in diesem Buch ein Kapitel, das mich bis heute beschäftigt. Und es würde mich interessieren, was du als Philosoph dazu sagst." Eli nahm einen dritten Zug und reichte den Joint an Ben weiter, der sich gerade etwas ungeschickt in die Hängematte neben ihm legte.

„Ich bin zwar nicht sicher, dass meine Meinung dazu so viel qualifizierter sein wird", sagte er, als er den Joint entgegen nahm. „Aber ich höre es mir gerne an." Ben nahm einen Zug und fing sogleich an zu husten. Der Rauch brannte ihm kalt im Rachen.

„Sag mal, hast du da überhaupt Tabak reingemacht?", fragte Ben, als sich sein Husten halbwegs gelegt hatte. Eli lachte nur.

„Du musst langsam ziehen. Da gewöhnst du dich schon dran." Ben nahm vorsichtig einen zweiten Zug und musste sofort wieder husten, wenn auch nicht so stark.

„Im diesem Kapitel bei Sam Harris geht es um Experimente, die man offenbar mit schweren Epileptikern gemacht hat, deren Gehirnhälften durchtrennt wurden", fuhr Eli fort.

„Was? Man hat ihnen die Hirnhälften durchtrennt? Was waren das für perfide Experimente?", fragte Ben.

„Ne, ne, das waren nicht die Experimente. Offenbar wird das bei wirklich schweren Epileptikern gemacht, weil dadurch die

Symptome eingedämmt werden. Anscheinend können die Patienten anschließend sogar besser leben, als wenn ihre Gehirnhälften noch verbunden wären. Frag mich nicht. Darum geht es aber auch gar nicht. Übrigens sind unsere Gehirnhälften ohnehin nur durch eine schmale Brücke mit einander verbunden. Sie sind praktisch bereits von einander getrennt, stehen aber im regen Austausch miteinander. Ich stelle mir das vor wie eine fortwährende Synchronisation zweier Festplatten. Wenn man die Brücke nun durchtrennt, findet auch kein Austausch mehr statt. Den betroffenen Menschen merkt man das äußerlich offenbar kaum an. Erst in den besagten Experimenten traten dann interessante Phänomene auf. Dazu musst du wissen, dass nur eine Gehirnhälfte über ein Sprachzentrum verfügt. Das heißt, wenn man mit diesen Epileptikern, deren Hirne durchtrennt wurden, spricht, kann nur eine der beiden Gehirnhälften antworten. Jedenfalls mit Worten, denn die andere Gehirnhälfte kann sich durchaus verständigen. Wie du vielleicht weißt, kontrolliert jede Gehirnhälfte die jeweils gegenüberliegende Körperhälfte. Daran ändert sich natürlich auch nichts, wenn die Gehirnhälften durchtrennt sind. Und jetzt kommt es: Wenn man diesen Patienten nun Fragen gestellt hat, haben beide Gehirnhälften unterschiedlich geantwortet." Eli unterstreichte seinen letzten Punkt, indem er schnellen Zuges mit erhobenem Zeigefinder einen Haken beschrieb.

„Wie soll das funktioniert haben?", fragte Ben und reichte Eli den Joint zurück. Dieser aschte auf den Boden und fuhr fort:

„Nun, es wurden beispielsweise Kindern Fragen gestellt wie *Was möchtest du später einmal werden?* Und die Kinder haben dann meinetwegen *Feuerwehrmann* gesagt, aber mit dem Finger auf ein Bild von einem Astronauten gezeigt. Dann haben Patienten berichtet, dass manchmal, wenn sie sich das Hemd mit einer Hand zuknöpfen, die andere Hand es wieder aufknöpft, als wolle die andere Gehirnhälfte das Hemd nicht tragen. Creepy oder?"

„Ziemlich", bestätigte Ben. „Als hätten die Gehirnhälften einen je unterschiedlichen Willen."

„Ganz genau", bestätigte Eli. „Sam Harris beschäftigt sich davon ausgehend mit der Frage, in wie weit in diesen Patienten vielleicht zwei ganz eigenständige Persönlichkeiten wohnen. Und wenn es tatsächlich zwei unabhängige Personen sind, inwieweit existierten diese beiden bereits, bevor die Gehirnhälften durchtrennt werden – also auch bei uns."

„Das sind natürlich ziemlich steile Thesen", meinte Ben.

„Selbstverständlich. Sam Harris tut auch nicht so, als wären das zum jetzigen Zeitpunkt mehr als Gedankenspiele. Dazu ist unser Geist vermutlich viel zu komplex, um das von außen beurteilen zu können", räumte Eli ein.

„Wie versteht die nicht sprechende Gehirnhälfte überhaupt die Frage? Versteht sie Sprache, aber kann den Sprechapparat nicht bedienen?", spekulierte Ben. Eli zuckte mit den Schultern.

„So stelle ich es mir vor, aber wissen tue ich es auch nicht. Aber der Gedanke eröffnet weitere spannende Fragen. Was wäre zum Beispiel, wenn unser Bauchgefühl mehr ist, als nur ein dumpfes Gefühl? Ich meine, wie häufig sagen wir, wir hätten auf unser Bauchgefühl hören sollen, als hätte dies die bessere Entscheidung getroffen. Was also, wenn unser Bauchgefühl in Wahrheit die andere Gehirnhälfte ist, die sich statt mit Worten nur durch

Gefühle äußern kann?" Ben fiel es schon nach den ersten drei Zügen schwer, Eli zu folgen. Ihm war schwindelig und seine Sicht verschwamm leicht. Aber er versuchte, sich nichts anmerken zu lassen.

„Ich gebe zu, das sind spannende Gedanken", sagte er. Eli beeindruckte ihn mehr und mehr. Er war definitiv ein Mensch, den man nicht allein anhand seines Äußeren beurteilen sollte.

„Nicht wahr? Ich wollte meinen Ayahuasca-Trip dazu nutzen herauszufinden, ob da wirklich noch jemand in meinem Kopf wohnt. Aber es kam dann natürlich ganz anders." Andererseits schien Eli aber auch jeden Stereotypen zu erfüllen.

„Inwiefern hätte dir das bei der Frage helfen sollen?", fragte Ben, denn er konnte sich nicht vorstellen, wie man etwas Wahres über die Welt erkennen wollte, indem man sie durch eine Droge verklärte.

„Hast du schonmal richtig Drogen genommen oder bist du nur ein Partyraucher?", entgegnete Eli und reichte Ben den kleiner werdenden Joint zurück.

„Außer Gras habe ich noch nichts genommen", antwortete Ben, der sich durch ein geringes Maß an Drogenkonsum nicht herabwürdigen lassen wollte. Zaghaft nahm er den nächsten Zug, unsicher ob er nicht schon high genug war.

„Ich meine auch nicht ob, sondern wie. Hast du dich mal mit dir und deinen Gedanken allein auf die Reise begeben, meine ich. Das kann auch mit dem Bauch voller Hasch-Brownies ein ziemlicher Trip sein", korrigierte ihn Eli. Ben schüttelte darauf hin skeptisch den Kopf.

„Nein, ich glaube, das wäre mir nicht geheuer", gab er zu.

„Solltest du mal machen. Das können aufschlussreiche Erfahrungen sein, die dein Leben nachhaltig verändern", behauptete Eli. Aber Ben war skeptisch.

„Wenn man neue Erfahrungen macht, nachdem man sich eine bewusstseinsverändernde Substanz zugeführt hat, ist es dann nicht viel wahrscheinlicher, dass die diese Erfahrungen auf eben dieser Substanz beruhen und nicht auf der Wirklichkeit?", fragte er und merkte im gleichen Augenblick, wie die Schatten um sie herum bedrohlicher wurden. Argwöhnisch horchte er auf die Stimmen aus dem Erdgeschoss, denn er befürchtete, dass sie aufgrund des intensiven Geruchs des Joints aufgeflogen sein könnten. Aber zumindest schien niemand nach oben zu kommen.

„Durchaus", gestand Eli zu. „Dennoch können daraus echte Erkenntnisse erwachsen, vor allem über dich selbst. Wenn du erst einmal auf LSD gegen die Wand gestarrt hast, wohl wissend, dass der Putz normalerweise nicht so spannend und lebhaft aussieht, du aber beim besten Willen die Wand nicht mehr normal wahrnehmen kannst, dann beginnst du dich automatisch zu fragen, inwieweit wir die Welt überhaupt nüchtern so wahrnehmen, wie sie wirklich ist. Und manche Drogen wie MDMA machen dich auch einfühlsamer. Du kannst dich dann besser in andere Mitmenschen hineinfühlen, weil du generell besseren Zugang zu Gefühlen hast. Deswegen wird MDMA mittlerweile auch viel in der Therapie von traumatisierten Soldaten eingesetzt."

„Du meinst, ich könnte dann meine verrückte Schwester endlich verstehen?", scherzte Ben und nahm einen letzten Zug, bevor er den nun stark heruntergebrannten Joint wieder an Eli gab.

„Möglich wär's, vor allem weil sie auf MDMA auch viel offener über ihre Probleme reden könnte. Man verliert die Hemmungen und die Ängste davor, wie andere auf die Information reagieren könnten", versicherte Eli. Seine Überzeugung und sein Ernst in Bezug auf diese Sache ließen Ben den Gedanken durchspielen. Die Aussicht besseren Zugang zu Laila zu bekommen war natürlich verlockend.

„Kannst du vergessen", meinte er dann aber. „Sie wird auf keinen Fall Drogen nehmen wollen. Denkst du, es könnte auch schon helfen, wenn ich es allein versuche?"

„Schwierig, denn dann hättest du ja nur ihr Verhalten, das du von außen analysieren müsstest. Du bekommst ja nicht plötzlich Superkräfte, die dir die Welt erklären und dich Gedanken lesen lassen", gab Eli zurück.

„Vielleicht wäre es den Versuch dennoch wert", überlegte Ben laut und wusste selbst nicht genau, warum er das gesagt hatte. Seine Gedanken wanderten zu Laila, die wohl bereits auf ihrem Zimmer schlief. Es wäre doch schon ein Gewinn, wenn er sie einfach besser erreichen könnte, damit er sie besser dazu motivieren konnte, aus sich heraus zu kommen. Eli schnippste den Jointstummel vom Dach und setzte sich auf.

„Also, wenn du es wirklich versuchen willst – ich hätte, glaube ich, noch etwas Emma da", bot er an.

LEKTION 2

Im Taxi immer alle Türen von innen verriegeln. Was man auf dem Heimweg von einer langen Nacht sicher nicht gebrauchen kann, ist ein Mann mit einer Knarre, der überraschend zu einem ins Taxi steigt. Denn ehe man sich versieht, findet man sich am Rande der Stadt ohne Wertsachen und Schuhe wieder. Ganz ohne Scheiß, das ist mir schon passiert.

Am nächsten Morgen wachte Laila vor Ben auf. Unten im Hof gab es Unruhe. Offenbar machte sich eine Reisegruppe zu früher Stunde Abmarsch bereit. Viele Touristenziele lagen einige Stunden Fahrzeit außerhalb der Stadt, weswegen man häufig in Kauf nehmen musste, zu wirklich unchristlicher Zeit aus den Federn zu springen. Ben, der eigentlich einen sehr leichten Schlaf hatte, schien davon aber nichts zu bemerken. Offenbar hatte er am Abend zuvor genügend Alkohol getrunken, um zu schlafen wie ein Stein. Typisch, aber nichts worüber Laila sich beklagen würde, wenn es bedeutete, dass sie dadurch einen Moment wie diesen geschenkt bekam. Zaghaft schmiegte sie sich an seinen Körper und legte den Arm um ihn. Er rührte sich nicht. So lagen sie eine Weile da und Laila lebte zur Abwechslung einfach nur den Moment, wenn sie sich dabei auch einer Illusion hingab. An sich hätte sie bis in alle Ewigkeit so liegenbleiben, die Welt sich selbst überlassen und einfach nur sein können. Aber Ben würde nicht ewig weiterschlafen. Also entschloss sie sich, den Moment etwas mehr auszukosten. Vorsichtig strich sie mit der Hand über seinen Körper. Ben war sportlich gebaut, aber nicht auffällig muskulös. Gewichte heben war nichts für ihn, lieber stemmte er geistige Aufgaben. Lailas Hand zog immer weitere Bahnen und ehe sie sich versah, fuhr sie in seinen Schritt, glitt zwischen seinen Schenkel und die Beule in seiner Boxershorts. Die Ausprägung dieser sprach dafür, dass Ben schon bald die letzten Bier entsorgen musste. Aber das störte sie nicht. Genüsslich rieb sie ihre Hand an seinem Schenkel, bestrebt die Beule noch zu vergrößern. Was ihr als bald auch gelang.

„Hm?" Ben kehrte plötzlich zu den Lebenden zurück. Brauchte aber einen Augenblick, um zu Verstand zu kommen und zu realisieren, was gerade passierte.

„Was zum..?!" Sobald er erkannte, was vor sich ging, war Ben voll da. Er rollte sich blitzschnell herum, bis er über Laila kniete, die Hände auf ihre Handgelenke gestützt.

„Guten Morgen, Bruderherz", sagte sie, als sie den Schreck der Überraschung überwunden hatte. Dabei schaute sie ihn herausfordernd grinsend an.

„Was sollte das denn werden, Wuschelkopf?", fragte Ben.

„Nichts", sagte Laila verschmitzt und ließ den Blick an Ben hinab zu seiner Unterhose gleiten, in der seine Morgenlatte nun über ihr schwebte. Aber Ben dachte nicht im Geringsten an Sex. Denn in diesem Moment sah er in seiner Stiefschwester wieder etwas von dem alten Biss aufflammen, mit dem sie ihm früher stets Paroli geboten hatte. Irgendwo da drin steckte noch das Mädchen, dass er so vermisste. Und er wünschte, sie käme bald zu ihm zurück. Nichtsdestotrotz musste er feststellen, dass Laila ihr kindliches Äußeres längst abgelegt hatte. Unter ihm lag eine hübsche junge Frau. Und sie würde sich ihm zweifellos bereitwillig hingeben, wenn er es wollte. Aber stattdessen ging er unter die Dusche. Er duschte kalt, denn so richtig wollte es ihm nicht gelingen, den elektrischen Duschkopf zum Laufen zu bringen. Er hatte aber auch wenig Vertrauen in die amateurhaft verkabelte Konstruktion. Erhitzt wurde das Wasser nämlich durch den Plastikduschkopf. Das geschah offenbar elektrisch, denn es führten lose Kabel, die gefährlich tief hinunter hingen, scheinbar willkürlich in die Wand, wo vielleicht einmal eine Lampe gewesen sein mochte. Das Wasser war eisig. Dafür machte die Dusche wach und half darüber hinaus seinem Ständer ab, der sich sofort mit Harndrang meldete. Ben ließ es einfach unter der Dusche laufen, während er versuchte, seine Gedanken zu sortieren. Das leichte Ziehen in seinem Schädel ignorierte er. So hart gesoffen hatte er schließlich gar nicht.

Kaum, dass Ben nur mit einem Handtuch um die Hüften bekleidet aus der Dusche kam, streifte sich Laila ihr T-Shirt ab und ging in Richtung Bad.

„Uowu, hättest du damit nicht warten können, bis du da drin bist?", fragte Ben anhand der nackten Tatsachen, die sich ihm schamlos präsentierten.

„Gleiches Recht für alle", entgegnete Laila schnippisch, wobei sie ihm auf die nackte Brust klopfte. „Außerdem sind wir doch eine Familie, nicht wahr?" Was sollte er darauf noch antworten, ohne sich selbst zu widersprechen? Schließlich hatte er das früher auch öfter zu ihr gesagt. Also schürzte er die Lippen und nickte. Laila verschwand im Bad.

Offenbar hat sie gerade eine gute Phase, dachte Ben und hoffte zugleich, dass seine Pläne, die er am Abend noch mit Eli geschmiedet hatte, dies nicht zunichte machen würden.

„Wie war's gestern noch mit Eli?", rief Laila bereits aus der laufenden Dusche heraus.

Das Mädchen riecht Scheiße durch die Wand, dachte Ben, nun genötigt die Bombe schon platzen zu lassen. „Echt nett" sagte er. „Wir haben nachher im Grunde nur noch auf dem Dach in den Hängematten gelegen und uns unterhalten. Er ist ein interessanter Mensch, findest du nicht?"

„Als *interessant* kann man ihn natürlich auch beschreiben", tönte Laila schnippisch.

„Ich gebe zu, er ist auch etwas... unkonventionell", erwiderte Ben ausweichend, während er sich ohne Spiegel die Haare kämmte. „Aber man kann sich gut mit ihm unterhalten. Ich denke, er ist ein netter Kerl."

„Er ist ein Schmarotzer. Hat er gestern auch nur ein Bier gezahlt?", gab Laila zurück.

„Nein, aber zwei, drei Joints hat er mit mir geteilt. Und ich habe keine Ahnung, was Gras hier kostet", verteidigte ihn Ben spontan und etwas kläglich.

„Ihr habt gekifft?" Laila schaltete abrupt das Wasser aus.

„Klar, warum nicht? Ist ja nicht so, als würde ich das nicht sonst auch hin und wieder tun", antwortete Ben. Plötzlich stand Laila mit ihrem Handtuch bekleidet in der Tür,

„Weiß Mama davon?", fragte sie ernst.

„Bist du bekloppt?", entgegnete Ben. „Sie würde ausrasten." Laila nickte leicht.

„Also, wie lautet die erste Regel dieser Reise?", fragte Ben theatralisch. „*Was in Peru passiert, bleibt auch in Peru. Abgemacht?*" Mit erwartungsvoller Geste schaute Ben seine kleine Schwester an.

„Hah", machte Laila nur und ging zurück ins Bad.

„War das jetzt ein *ja* oder ein *nein*?", rief Ben ihr hinterher.

„Du weißt, ich würde dich nie verpfeifen", erleichterte Laila ihn.

Damit war das schon einmal geklärt. Nun kam der schwierigere Teil. Und Ben beschloss es wie Eli zu machen. *Sprich einfach drauf los.* Also sprach er einfach drauf los:

„Jedenfalls habe ich mich für heute Mittag mit Eli auf dem Plaza de Armas verabredet. Er möchte uns in der Stadt herumführen und uns ein bisschen was über die Sehenswürdigkeiten erzählen. Er scheint recht viel zu wissen und ich dachte, so würden wir die Stadt etwas besser kennenlernen, als wenn wir wie gestern planlos umher spazieren. Was meinst du?" Ben hoffte, damit ein Verkaufsargument geliefert zu haben, das Eli zu dulden für Laila akzeptabel machen würde. Laila brauchte jedoch einen Moment um zu antworten.

„Oder hast du eine bessere Idee?", hakte Ben etwas ungeduldiger nach, als er im Nachhinein hätte sein wollen.

„Nein, ist okay. Hauptsache, er schnorrt sich nicht die ganze Zeit bei uns durch", lenkte Laila schließlich ein.

~

Am Plaza de Armas mussten Ben und Laila eine ganze Weile auf Eli warten. Die Sonne brannte heiß vom stahlblauen Himmel. Laila ächzte ungeduldig.

„Warum haben wir uns hier vor der Kirche verabredet", fragte sie. „Wo weit und breit kein Schatten ist. Dort auf dem Platz stehen wenigstens Palmen und am Brunnen gibt es kühles Wasser." Ben schürzte die Lippen.

„Ich glaube, so weit hat Eli nicht gedacht. Er dachte sicher nur, dass man sich hier gut finden würde", mutmaßte Ben. Und das klang ganz so, als könnte es zutreffen.

„Aber du bist sicher, dass er kommt? Nicht dass er es vergessen hat", gab Laila darauf zu bedenken. Ben musste sich eingestehen, dass er keine Ahnung hatte, wie zuverlässig sich Eli nach dem gestrigen Abend an ihre Verabredung erinnern würde.

„Er hat mir seine Nummer gegeben, vielleicht sollte ich ihn einfach mal anrufen", sagte er.

„Ja, das halte ich für eine gute Idee", stimmte Laila zu. In ihrem Sommerkleid und mit der Sonnenbrille, die das Trübsal in ihren Augen verbarg, wirkte sie auf Ben gleich ganz anders. Auch wenn sie sich fortwährend über alles beschwerte. Gerade als er sein Mobiltelefon zückte um Eli anzurufen, kam dieser über die gesperrte Straße zwischen Platz und Kathedrale geschlurft.

„Hey na, alles frisch bei euch Bleichgesichtern?", begrüßte er sie fröhlich und ließ sie beide kumpelhaft einschlagen.

„Geht so, nachdem wir hier die ganze Zeit in der Sonne gebrütet haben", schoss Laila sogleich verbal auf ihn ein. Eine Sekunde guckte er verdutzt über den kalten Wind, der von Laila herüber wehte. Dann lachte er auf.

„Ach, ich verstehe. Ihr rechnet noch in amerikanischer Zeit. Hier ticken die Uhren anders. Mehr Pi mal Daumen, wenn ihr versteht", erklärte er.

„Komme ich heut' nicht, komme ich morgen?", fragte Ben.

„Wenn das wenigstens die gängige Regel wäre", meinte Eli. „Ich bin schon froh, wenn ich sie soweit habe, dass sie überhaupt erscheinen. Aber bevor ich es vergesse, ich habe dir etwas mitgebracht." Er nahm seinen löchrigen Rucksack ab und kramte eine halb zerfleddertes Buch hervor.

„Ah, ist das Sam Harris?", riet Ben sogleich.

„Genau. Die Dinge, über die wir gesprochen haben, stehen vor allem im zweiten Kapitel. Aber Achtung, in dieser Ausgabe ist noch ein Tütchen mit Urzeitkrebsen drin. Nicht rausfallen lassen", mahnte Eli und zwinkerte Ben zu. Dieser nahm das Buch vorsichtig entgegen und deutete ihm mit erhobenen Augenbrauen, dass er die Botschaft verstanden hatte.

„Wow, danke! Was bekommst du dafür?", fragte Ben freudig. Aber Eli winkte ab.

„Ach, gar nichts Mann. Du hast mir gestern so viele Biere ausgegeben, da habe ich das sicher wieder raus." Ben steckte das Buch in seine Umhängetasche, in der er zwei Flaschen Wasser, einen Stadtplan aus einem Touristenbüro und sein Reisetagebuch mitführte. Man wusste ja nie, wann man etwas notieren wollte.

„Also." Eli rieb sich die Hände. „Ich habe mir gedacht, ich führe euch erst einmal etwas durch das Zentrum mit der Kathedrale, dem Kloster, der Calle San Francisco – wo man Party machen geht – und dann können wir irgendwo etwas essen gehen. Danach zeige ich euch noch, wo ihr wichtige Anlauftstellen wie Supermärkte, Banken, die Post und wichtige Bushaltestellen findet. Hier muss man nämlich wissen, wann und wo die Busse halten. Das steht nirgendwo."

„Hört sich gut an", stimmte Ben für sie beide zu.

„Fein. Dann fangen wir doch gleich hier an. Vor euch liegt der

Plaza de Armas, also der Platz der Waffen, auf dem die Spanier früher ihre Paraden abgehalten haben." Eli wies mit offenen Armen auf den Platz, den sich Laila und Ben schon länger als eine halbe Stunde angesehen hatten. „Fast jede größere oder kleinere Stadt aus der Zeit der Spanier hat einen Plaza de Armas. Und in der Regel heißt der dann auch so oder wird als solcher verstanden. Das könnt ihr euch am besten gleich mal merken. Wenn ihr euch irgendwo verlauft, lasst euch einfach zum Plaza de Armas leiten. Von dort aus könnt ihr euch dann neu orientieren. Ach ja, und wenn ihr mal mit dem Taxi fahrt, was hier durchaus günstig ist, dann nehmt besser eins mit einer offiziellen Nummer, auch wenn es etwas teurer ist. Sobald ihr drin sitzt verriegelt ihr sofort von innen die Tür. Zentralverriegelung haben die nicht."

„Warum das?", fragte Laila verwundert über den scheinbar zusammenhangslosen Einschub.

„Weil ihr es gewiss nicht haben wollt, dass plötzlich ein Typ mit 'ner Knarre dazu steigt, euch unterwegs ausnimmt und ohne Schuhe irgendwo am Rande der Stadt wieder rauslässt. Vertrauensvoll wie ich bin, musste ich das auch auf die harte Tour lernen. Ist kein Witz, das kann ich euch sagen", antwortete Eli. Wie sich schnell zeigte, waren Elis eingestreute Überlebenstipps weit wertvoller als seine Informationen zu den Sehenswürdigkeiten Stadt. Und auch Laila wusste es schnell zu schätzen, jemanden an ihrer Seite zu haben, der mit den Tücken Perus vertraut war. Schon als sie aus der Kathedrale traten und die Straße hinauf zum Kloster gingen, zog Eli sie plötzlich ruckartig beiseite.

„Vorsicht, nicht hineinlaufen!" Mit diesen Worten deutete er nach vorn, wo ein kleiner Junge im hohen Bogen auf die Straße pinkelte, mitten im Zentrum vor der Kathedrale. Laila schaute dem Schauspiel fassungslos zu.

„Wie jetzt? Einfach so?", rang sie nach Worten.

„Wieso? Ist doch gut. Immerhin haben sie ihm beigebracht, auf die Straße zu pinkeln anstatt auf den Gehweg", scherzte Eli und ging weiter. Ben lachte während er sich wieder in Bewegung setzte. Laila schüttelte nur den Kopf. Abgesehen von seinen Späßen trieb Eli auch immer seinen Schabernack. Während der Führung durch die Kathedrale beispielsweise, hatte die Gruppenführerin ausdrücklich darauf hingewiesen, dass sie die Glocke oben im Turm nicht berühren sollten. Doch als die Gruppe den Blick vom Dach zu Ende genossen hatte und sich auf den Weg hinunter machte, erschallte die Glocke plötzlich in vollem Klang über den Plaza de Armas und die Dächer der Altstadt. Alle drehten sich ruckartig um und erwischten Eli, wie er noch mit beiden Händen die Vibration des Metalls wieder zu dämpfen versuchte. Bei der Größe der Glocke jedoch ein hoffnungsloses Unterfangen.

„Ich konnte es einfach nicht lassen", gestand er, als er wieder bei ihnen war und sich den bösen Blicken der Führerin entzog. „Irgendwie hat sie mich angezogen. Und die Gelegenheit kommt so schnell nicht wieder, dachte ich."

Am Ende stellte sich Elis Führung aber als nützlicher heraus als sie erwartet hatten. Die Geschwister hatten nun einen groben Überblick über die Altstadt und ihre Sehenswürdigkeiten, sogar ein wenig über ihre Geschichte.

„Wenn ihr mal solche Grillstände an der Straße seht, lasst besser die Finger davon. Das mag manchmal ganz appetitlich aussehen, aber die Peruaner haben abgehärtete Mägen. Wir Gringos sind durch unsere sterile Kost für derlei kulinarische Genüsse viel zu verweichlicht", erklärte Eli, als sie auf der Suche nach einer geeigneten Nahrungsquelle waren.

„Ist man hier nicht auch Mehrschweinchen?", fragte Laila.

„Klar, aber das ist kein Armeleuteessen", bestätigte Eli. „Das essen die hier eher zu besonderen Anlässen. Man kauft die Viecher dann bei irgendeinem Nachbarn in einem Eimer und muss denen erst einmal selbst das Genick brechen und das Fell über die Ohren ziehen." Laila starrte ihn entsetzt an.

„Aber ich bin sicher, man bekommt Meerschweinchen auch irgendwo teuer im Restaurant serviert", schob Eli daraufhin nach.

Rechtzeitig zur Abenddämmerung erreichten sie den Dunstkreis ihre Hostels. Laila erkannte die Gegend wieder. Die Tour neigte sich offenbar dem Ende. Da gab sie sich einen Ruck und sprach Eli ohne Umschweife auf das an, was ihr schon den ganzen Tag auf der Seele gebrannt hatte: „Eli, darf ich dich mal etwas Persönliches fragen?"

„Klar, hau raus", sagte er.

„Wie sieht eigentlich dein Lebensplan aus?" Eli hob verwundert die Augenbrauen.

„Mein Lebensplan? Was meinst du damit?", fragte er.

„Na, musst du nicht irgendwann mal anfangen Geld zu verdienen und für dein Alter vorzusorgen? Solche Sachen." Eli winkte ab.

„Darüber mache ich mir nicht so viele Gedanken, irgendwas wird sich schon ergeben. Ich lasse das auf mich zukommen", erklärte er. Diese Sorglosigkeit war für Laila schwer zu begreifen.

„Und deine Eltern kommen darauf klar, was du treibst?", stocherte sie weiter. „Ich meine, haben sie von dir nicht irgendwie mehr erwartet?"

„Ach, da habe ich Glück", schmunzelte Eli. „Meine Schwester hat bereits alles erreicht, was sich meine Eltern von ihren Kindern gewünscht haben. Sie hat einen guten Job, ein Haus und eine gesunde Familie. Ich brauche in meinem Leben also gar nichts mehr zu reißen, das hat sie schon für mich getan." Laila ließ das einen Moment sacken. Elis Gleichgültigkeit gegenüber den Erwartungen anderer, die sich angefangen bei seiner Erscheinung durch jeden Aspekt seines Lebens zu ziehen schien, war ihr völlig fremd. Aber es hatte auch etwas Anziehendes, das musste sie mittlerweile zugeben. Laila verstand nun, warum Ben so fasziniert von ihm war.

„Aber möchtest du nicht irgendwann einmal Frau und Kind haben?", fragte sie schließlich. Eli seufzte. Man konnte sehen, wie sein Blick in die Ferne schweifte, hin zu Dingen, die in der Vergangenheit lagen.

„Es gab eine Zeit, als ich noch so ein Grünschnabel wie ihr beide war, da hatte ich mein Glück ganz daran gehängt, die Liebe meines Lebens zu finden. Frauen waren die vermeintliche Antwort auf alle meine Probleme. Aber ich erlebte eine Enttäuschung nach der anderen und wurde darüber nur noch unglücklicher. Irgendwann sagte mir dann ein Bekannter, ich könne auch nicht erwarten, dass mich jemand anderes glücklich macht. Im Gegenteil, wer wolle schon mit einem Griesgram sein Leben teilen? Probleme habe jeder selbst genug. Ich müsse erst einmal aus mir selbst heraus glücklich werden und dann würde sich das mit der Frau schon von selbst ergeben. Das leuchtete mir ein. Daraufhin habe ich angefangen stärker an mir selbst zu arbeiten, zu erforschen, was mich wirklich glücklich macht. Als ich schließlich mit mir allein recht glücklich war, musste ich aber feststellen, dass ich plötzlich nicht mehr wusste, wofür ich noch eine Frau brauchte. Und so richtig weiß ich es bis heute nicht."

„Also ich wüsste da schon etwas, wofür ich ich eine Frau bräuchte", meldete sich Ben zu Wort. „Und das ist ganz unabhängig davon, ob ich glücklich bin oder nicht." Er bemerkte nicht, wie Laila innerlich zusammenfuhr. Machte er sich denn gar keine Gedanken über sie, bevor er solche Sachen sagte?

„Sicher", sagte Eli. „Aber wenn man sich so viel in den Bars und Clubs der Welt herumtreibt, wie ich es tue, landet man immer mal mit einer Frau im Bett, das lässt sich fast gar nicht verhindern – besonders hier in Peru. Und das genügt, um ab und zu etwas Druck abzulassen und sich nicht allein zu fühlen." Sie erreichten das blau angestrichene Kolonialgebäude mit der großen, dunklen Holztür, welches ihr Hostel war.

„Wo wir gerade beim Thema sind", wechselte Eli das Thema. „Wollt ihr jetzt wirklich schon zurück ins Hostel oder lieber noch mit mir das Nachtleben erkunden? Ich kenne nicht jede Schenke der Stadt, aber die wichtigsten Anlaufstellen kann ich euch auf jeden Fall zeigen." Laila drehte sich bei dem Gedanken der Magen um. *Dann landet man immer mal mit einer Frau im Bett, das lässt sich fast gar nicht verhindern.* Elis Worte hallten schrill in ihrem Kopf wider.

„Ohne mich", sagte sie. „Ich bin müde und habe keine Lust feiern zu gehen. Aber geht ruhig ohne mich", sagte sie.

„Wie jetzt? Es ist doch noch früh am Abend", gab Eli zu bedenken. Aber Ben wollte in diesem Fall nicht Eli das Reden überlassen. Er kannte Laila schließlich nicht so gut und wusste nicht, wie sensibel sie war.

„Gib uns einen Moment, okay? Ich bringe nur kurz meine Sachen weg", bat er Eli, der gelassen mit den Schultern zuckte.

„Klar, kein Ding", sagte Eli, worauf Ben und Laila an der Hosteltür klingelten, um eingelassen zu werden.

„Bist du sicher, dass du hier alleine bleiben willst? Was willst du denn dann den Abend über tun?", fragte Ben, als sie oben auf ihrem Zimmer waren. Laila zuckte mit den Schultern.

„Ich werde mich schon irgendwie beschäftigen, mach dir um mich keinen Kopf", sagte sie, während Ben seinen Rucksack auf einen der Stühle stellte und ein paar Sachen daraus hervorkramte, die er mitnehmen wollte. Dabei legte er Elis Buch auf den Tisch.

„Mache ich aber und mir gefällt der Gedanke nicht, dich hier zurückzulassen", erwiderte er und rang seiner Schwester ein mattes Lächeln ab.

„Ist schon in Ordnung, wirklich", bekräftigte Laila. „Du und Eli habt bestimmt mehr Spaß ohne mich. Und ich bin es gewohnt, mit mir allein zu sein." Ben verkniff es sich, darauf hinzuweisen, wozu das geführt hatte, und dass genau das seine schlimmste Befürchtung war. Stattdessen kramte er in seinem Koffer nach einer Jacke für die Nacht.

„Versprichst du mir, dass ich mir keine Sorgen machen muss?",
fragte er eindringlich, nachdem er fündig geworden war.

„Versprochen", sagte Laila.

"Gut, wenn du es dir später anders überlegst, ruf mich einfach an.
Dann holen wir dich ab, okay?" Laila nickte. Ihre Mundwinkel
lächelten wieder, aber ihre Augen sprachen eine andere Sprache,
die Ben nur zu gut verstand. Er wusste, dass Laila allein leiden
würde. Aber sie würde auch leiden, wenn sie mitkäme oder er mit
ihr dabliebe. Sie würde immer leiden. Welchen Sinn würde es da
haben, ihretwegen nicht feiern zu gehen?

„Machs gut, Wuschelkopf", verabschiedete sich Ben unten an der
Hosteltür und wuschelte seiner Schwester in den Haaren. Dann
trat er zurück zu Eli hinaus. „Alles klar, lass uns gehen."

"Kommt sie wirklich nicht mit?", fragte Eli verdutzt.

"Nein, ihr ist nicht nach feiern", sagte Ben. Eli runzelte die Stirn.

"Nichts, was ein, zwei Pisco Sour nicht regeln könnten",
erwiderte er. Aber Ben schüttelt den Kopf.

"Sie trinkt keinen Alkohol." Eli flackerte ungläubig mit den
Augen. Er musste sich wohl verhört haben. Dann hielt er sich die
Hand wie ein Telefon ans Ohr.

"Ja, hallo? Habe ich dort den Laila Waters Lieferservice?", rief er
laut. „Ja, ich hätte gerne einmal die Gründe, warum sie lieber im
stillen Kämmerchen alleine weinen möchten, anstatt mit uns
durch die Nacht zu fliegen", spielte er mit verzerrter Stimme.
Aber Ben unterbrach die Show sofort. Er wusste, dass es keinen

Sinn hatte, lange auf seine Stiefschwester einzureden, viel mehr würde sie rasch dicht machen und gar nicht mehr zugänglich sein.

"Sie mag es nicht, wenn sie die Kontrolle über sich selbst verliert", erklärte er.

"Was du nicht sagst", meinte Eli. „Vielleicht wäre das aber genau das, was sie mal bräuchte; mal so richtig einen drauf machen."

"Lass gut sein, Eli", würgte Ben ihn ab. Die beiden ließen sie vor der Hosteltür stehen und machten sich wieder in Richtung Zentrum auf. Laila schaute ihnen aus der offenen Tür nach, bis sie aus ihrer Sicht verschwunden waren.

„Und worauf sollen wir Kurs nehmen?", fragte Eli kurz darauf. Ben zuckte mit den Schultern.

„Ich weiß nicht, hab' nicht mal 'ne Ahnung, was es hier überhaupt zu erleben gibt", gestand er.

„Was auch immer du erleben willst. Sag einfach an und wir legen los. Willst du schon in den Club, ein bisschen abtanzen, oder erst einmal irgendwo gemütlich ein Bierchen trinken gehen? Ich sag mal, für den Puff ist es noch ein bisschen früh, aber Billard und Bier-Pong auf den Hostelparties ist immer drin. Und meistens findet man da ja auch die eine oder andere, die ganz hübsch ist und nicht selten dort sogar schon ein Zimmer hat." Während er sprach wies Eli mit erhobenem Zeigefinger auf die besondere Bedeutung dieses letzten Umstands hin.

„Eigentlich wäre mir eher nach Live-Musik", entschloss Ben sich nach einer kurzen Bedenkzeit. Eli, der in der Zwischenzeit eine seiner verwahrlosten Dreadlocks um den Finger gewickelt hatte, zog zischend die Luft ein.

„Joa, an sich ist eigentlich immer irgendwo Live-Musik", sagte er. „Ist nur immer schwer zu sagen, wo gerade. Jedenfalls eher weniger an der San Francisco, wo ich eigentlich hin gewollt hätte. Aber ich weiß, wo wir als erstes reinschauen sollten: ins GUANO MONO! Dazu müssen wir hier runter." Schon lief Eli los. Ben konnte froh sein, dass er schachbrettartig angelegte Städte gewohnt war. Anderenfalls hätte er bei Elis plötzlichem Tempo schnell die Orientierung verloren. Jede Ecke der Altstadt sah für ihn mit ihren bröckelnden Kolonialfassaden fast gleich aus. Aber so zählte er in Gedanken schon automatisch immer Häuserblocks.

„Warum laufen wir?", fragte Ben, als er Eli eingeholt hatte.

„Naja, ich dachte mir einfach, wir könnten schon mal etwas mehr Action in den Abend bringen", erklärte Eli. „Wir wollen ja schließlich gleich die Bude rocken." Danach verstand Ben den Sinn des Laufens noch immer nicht, aber er fragte auch nicht weiter. Dann liefen sie eben, ging schneller. Eine Ecke und eine lange Gerade später kamen sie an einen Block, dessen Eckhaus ein wenig wie ein Fort aufgebaut war. Es verfügte über ein großes, bewachtes Eingangstor aus Holz, welches zum Innenhof führte, in dem einige Kisten und Fässer standen. Unten, wo man die Stallungen vermuten würde, gab es einen rustikal eingerichteten Club mit Tanzfläche und Bühne. Tatsächlich spielte dort gerade eine Reggaeband vor noch ausbaufähigem Publikum. Über einer Treppe an der Hinterseite des Hofs kam man auf halber Höhe in der Ecke an den Toiletten vorbei zur Kneipe über dem Club. Hier wurde ebenfalls getanzt, aber nicht zu Live-Musik. Von der Galerie vor der Kneipe über den

Wehrgang des Tors gelangte man schließlich ins eigentliche GUANO MONO mit Kickertisch, Sofaecke und separatem WC. Auch warme Snacks konnte man bekommen. Allerdings traf man dort eher auf andere Touristen, als auf der anderen Seite des Komplexes. Außen hatte das GUANO MONO eine große, überdachte Galerie mit Sitztischen, die sich um die gesamte Ecke zog. Die Kneipe hingegen hatte nur einen kleinen, vielleicht zwei Meter breiten Balkon, auf dem sich gefühlt 20 Raucher drängten. Überhaupt schien die gesamte Anlage sehr unstrukturiert gebaut zu sein, was natürlich auch seinem modernen Zweck geschuldet war. Aber gerade das machte einen Teil seines Charmes aus. Ben und Eli kamen mit einem freundlichen Gruß am gemütlich gebauten Türsteher vorbei. Da sie Touristen waren, befürchtete niemand, dass von ihnen Gefahr ausginge.

„Na, was sagst du, können wir hier fürs erste einen drauf machen?", fragte Eli und rieb sich die Hände.

„Klar", strahlte Ben. „Das ist ja genau, was ich wollte, nur irgendwie noch geiler!"

„Ja, Mann, das wollte ich hören", lachte Eli und betrat den Club. Er ging geradewegs auf den Tresen zu, um Bier zu bestellen. Ben gefiel die Musik ganz gut. Es war schneller Reggae, eher wie Ska aber ohne Bläser. Dafür nutzte der Lead-Gitarrist eine Menge psychedelischer Effekte. Innerlich ging Ben ordentlich mit, während er im Hintergrund stand und an seinem Bier nippte. Aber Eli war die Sache so noch deutlich zu langweilig. Niemand tanzte oder wippte auch nur im Takt. Zum Glück hatten sie einen Teil des ersten Sets bereits verpasst, sodass schon bald die erste Pause kommen würde.

„Sag mal, dir ist schon klar, dass das schon irgendwie Reggae ist oder?", fragte Eli, als schließlich Musik vom Band ertönte.

„Klar", nickte Ben. „Wieso fragst du?" Eli machte eine schlingernde Bewegung, die ihn wie eine Echse aussehen ließ.

„Ich weiß nicht, wie es dir geht, aber ich würde sagen, für Reggae muss man in der richtigen Verfassung sein, wenn du verstehst, was ich meine", sagte er. Ben verstand, was er meinte.

„Was ist dein Plan?", fragte er. Wenngleich die Band sich vermutlich über ein etwas größeres Publikum gefreut hätte, war das Gebäude doch voller Leute. Eine abgeschiedene Dachterrasse wie im Hostel gab es nicht.

„Lass uns mal das Pausenbier in der Kaschemme über uns trinken. Ich habe da so im Urin, dass uns das weiterbringen könnte." Mit diesen Worten führte ihn Eli hinaus und die Treppe rauf hinein in die Kneipe. Hier war zu Bens Erstaunen erheblich mehr los, was an der massentauglicheren Musik gelegen haben mochte. Die Leute tanzten dichtgedrängt auf der gesamten Ladenfläche. Nur an den Rändern und auf dem eingezogenen Zwischenboden mit Sitzgelegenheiten konnten Tanzmuffel Zuflucht suchen. Oder man gesellte sich zu den Rauchern auf den Balkon, wie auch Eli und Ben es nun taten, nachdem sie sich ein neues Bier an der Theke geholt hatten. Während Ben den Blick mal wieder in die nächtliche Altstadt schweifen ließ, quatschte Eli mit einem der Raucher, der genauso schmierig aussah, wie der Rumtreiber selbst, wenngleich er keine Dreadlocks hatte. Ben verstand kein Wort, von dem was sie sagten, und hielt es für besser, sich aus der Sache herauszuhalten. Nach einer Weile kam Eli zu Ben ans Geländer.

„Alles klar", sagte er. „Mein Kumpel Roaldo hier meint, er hätte noch was da, aber das sei sein letztes Gras. Deswegen will er einen Zwanni dafür haben. Das Problem ist, ich bin echt knapp bei Kasse." Ben rechnete schnell um. Aktuell waren 20 Soles ungefähr sechs Dollar. Das war nicht die Welt, um sich für Reggae in den richtigen Zustand zu versetzen. Also stimmte er zu. Kurze Zeit später drängten sie sich vor dem kleinen Sims an der Wand, wo Eli den Joint baute. Papes und Tabak hatte er als Raucher ohnehin immer dabei. Ben fühlte sich auf dem Balkon wie auf dem Präsentierteller.

„Wo rauchen wir den denn gleich?", wollte er wissen.

„Na hier", sagte Eli und leckte das Papier an.

„Vor all den Leuten?" Ben wies auf die vielen Raucher, die sich dort noch immer gegenseitig auf die Füße traten.

„Jup, das juckt hier keinen. Wir müssen allerdings damit rechnen, dass der eine oder andere auch einen Zug will. Und es gehört sich einfach, das Ding dann auch mal rumzureichen." Bei der Vorstellung, sich gerade zum Drogensponsor des Clubs gemacht zu haben, musste Ben lachen. Vor seinem inneren Auge sah er den winzigen Balkon von der Straße aus vor sich, dichtgedrängt von zufrieden grinsenden Männern mit roten Augen. Tatsächlich wollten am Ende aber nur zwei drei andere auch einmal ziehen.

Und so versetzten sich Ben und Eli in den richtigen Zustand für Reggae. Ben fühlte sich im ersten Moment beobachtet, als sie sich wieder durch die Menge in der Kneipe kämpften, um hinunter zum Auftritt der Band zu kommen. So als würde ein unausgesprochener Vorwurf im Raum liegen. Tatsächlich nahm aber kaum jemand Notiz von ihm. Alle tanzten und lachten, als wäre überhaupt nichts geschehen. Und so beschloss er, ebenfalls so zu tun, als wäre nichts geschehen. Das stellte sich jedoch als schwieriger heraus, als gedacht. Mit einem Mal erschien ihm alles so hektisch und abweisend. Als sie auf dem Weg hinunter an den Toiletten vorbei kamen, trat Ben ein junger Mann aus der Dunkelheit entgegen. Ben erschrak, als er aus dem Nichts vor ihm aufzutauchen schien, wurde aber ohne weitere Notiz stehen gelassen. *Ruhig Ben, es ist alles in Ordnung. Hier sind alle etwas betrunken, du wirst nicht weiter auffallen*, sagte er sich. Aber so ganz konnte er seinem Verstand nicht glauben. Er hatte sich eben in aller Öffentlichkeit kriminell gemacht. Das konnte doch nicht einfach toleriert werden. Aber es wurde.

Unten im Club spielte die Band bereits wieder, auch wenn das verbliebene Publikum ihr weiterhin eine sehr geteilte Aufmerksamkeit schenkte. Eli hingegen nahm den Rhythmus sofort in sich auf und bewegte sich tänzelnd zur Bar, wo sie ein weiteres Bier bestellten.

„Na, fühlst du es nun in dir?", fragte er Ben grinsend. Aber dieser verstand nicht, worauf Eli hinaus wollte.

„Was? Dass ich stoned bin?", gab er zurück.

„Nein Mann, den Drang dich zu bewegen! Wir sind doch nicht hier um uns die Beine in den Bauch zu stehen", klärte Eli ihn auf und begann demonstrativ vor ihm zu tanzen. Aber Ben rührte sich nicht, er fühlte sich unwohl in seiner Haut, wenn er tanzte.

„Ich tanze nicht gern. Ich genieße lieber die Musik", wehrte er ab. Aber das konnte Eli nicht auf sich beruhen lassen.

„Habe ich das gerade richtig verstanden? Du *genießt lieber die Musik*? Aber wie willst du die Musik denn richtig genießen, wenn du sie dich nicht durchströmen und leiten lässt? Du musst doch ergründen, was die Musik mit dir überhaupt machen möchte", behauptete er.

„Aber das kann ich doch auch, wenn ich hier ganz entspannt stehe und zuhöre", entgegnete Ben. Eli schaute ihn mitleidig an.

„So einen Stuss kann auch nur jemand von sich geben, der noch nie auf MDMA getanzt hat", meinte er.

„Man muss doch nicht auf Drogen sein, um gerne zu tanzen", wandte Ben ein.

„Natürlich nicht, das wäre ja auch schlimm. Aber es ist für mich schwer vorzustellen, dass du nicht von ganz allein anfangen würdest zu tanzen, wenn du dir ein Teil schmeißen und dann die richtige Musik dazu hören würdest. Denn dann würdest du unweigerlich fühlen, dass Musik mehr als nur eine akustische Dimension hat. Du könntest gar nicht anders. Die Frage ist wie immer, was dein Gehirn aus der Welt macht. Du darfst nicht so kategorisch denken. Nur weil Musik aus Tönen besteht, heißt das nicht, dass sie nicht auch Bilder in deinem Kopf entstehen lassen kann oder dich zu Bewegungen animieren kann", redete Eli auf ihn ein, sah dann aber, das Ben ihm nicht so recht folgen konnte oder es nicht wollte.

„Okay, Kompromiss", sagte er. „Lass uns zumindest mal weiter vor die Bühne gehen. Du kannst dein Bier ja mitnehmen, wenn du dich unbedingt an etwas festhalten musst. Aber dann sind wir zumindest schon mal mitten drin in der Musik." Weil Ben gerade keine Lust auf lange Diskussionen hatte, gab er nach. Wo genau er nicht tanzen würde, war ihm gerade herzlich egal. Also begaben sich die zwei auf die Tanzfläche, die Ben plötzlich noch leerer erschien, als ohnehin schon. Immerhin wirkte es dadurch nicht so lächerlich, dass er einfach nur da stand und weiter der Musik lauschte. Eli an seiner Seite hingegen begann sogleich sich zu bewegen. Dabei wirkte er weder besonders überlegt noch elegant. Er bewegte sich einfach rhythmisch zur Musik, erst sachte die richtigen Gesten suchend, dann immer entschiedener. Nach einer Weile verfiel er fast tranceartig in ein festes Muster. Mit geschlossenen Augen sprang er in sich gekehrt auf der Stelle herum. Die Selbstsicherheit und Ausgeglichenheit, die er dabei ausstrahlte, nahmen dem Umstand, dass er so ziemlich der einzige war, der sich unten im Club derart bewegte, spürbar jede Angriffsfläche. Vielmehr fühlte Ben sich nun unbehaglich damit, vollkommen unbewegt direkt neben Eli zu stehen. Aber schon bei dem Gedanken daran ebenfalls zu tanzen, wollte er lieber im Boden versinken. Er überlegte sich wieder an den Tresen zurückzuziehen. Aber Eli würde das gewiss nicht auf sich beruhen lassen. Dann würde Ben nur wieder die Diskussion haben, worauf er gerade absolut keine Lust hatte. Außerdem kam es ihm peinlich vor, schon nach wenigen Minuten wieder allein zurückzuschleichen. Wie albern musste das wirken? Kalt spürte Ben bereits die urteilenden Blicke der umstehenden Leute in seinem Nacken, obwohl er noch gar keine Anwandlungen gezeigt hatte, das eine oder das andere zu tun. Er traute sich jedoch nicht sich umzusehen, um zu überprüfen, ob tatsächlich jemand guckte. Was sollte er tun? Wie konnte er verhindern in dieser verzwickten Situation sozial durchzufallen? Ben entschied sich für einen Kompromiss. Er würde den von der Musik gepackten Zuhörer geben und genüsslich mit dem Kopf nicken. Das tat nicht weh, aber zeigte etwas mehr Investment. Das stellte sich als guter Einfall heraus, denn endlich wanderten seine Gedanken zurück zur Musik. Er konzentrierte sich auf den Rhythmus, auf den Bass, das Schlagzeug und schließlich auch wieder auf die beiden Gitarristen, die ihre Instrumente Genre atypisch zum Galopp antrieben. Schon bezog Ben seine Schultern wiegend in sein Kopfnicken mit ein. Eine Weile schaute er den Musikern gespannt zu. Aber schon bald schloss er unwillkürlich die Augen, um die einzelnen Instrumente besser isolieren zu können. Wirr breitete sich die aufgeregte Klanglandschaft vor seinem inneren Auge aus. Die Akkorde und Riffs der Gitarren flogen wild auf und ab zappelnd von beiden Seiten herein. Ben musste anfangen mit dem Fuß zu wippen, um mithalten zu können, während der konstant treibende Bass seinen Kopf bereits so automatisch nicken ließ, als gehöre es zu seiner Atemtechnik. Dann legte das Schlagzeug plötzlich richtig los und die Gitarren starteten in einen psychedelischen Instrumentalteil mit weit ausladenden Flanger-Effekten. Da reichte es nicht mehr, gemütlich in der Musik zu planschen. Ben musste anfangen mit den Armen zu rudern, um sich in der Strömung zu halten. Ehe er sich versah, tanzte er, die Augen noch immer geschlossen. Für den Moment war er allein. Um ihn herum war nichts als verbildlichte Musik, die schneller und schneller zu werden schien. Ben hatte plötzlich das Gefühl von der Musik getrieben zu werden, wie auf einer Drehscheibe auf dem Spielplatz bemüht nicht von der Fliehkraft hinweggefegt zu werden. Aber er flog nicht davon, sondern tanzte leichtfüßig auf den Wellen.

Endlich öffnete Ben wieder die Augen und wurde sich schlagartig der Umgebung bewusst. Von der Bühne schien ihn einer der Gitarristen anzugrinsen. Aus den Augenwinkeln konnte Ben erkennen, dass er und Eli nachwievor die einzigen waren, die tanzten. Dafür hatten sie genug Energie für zwei. Sofort packten Ben seine sozialen Ängste wieder von hinten. Sie hatten nur im Dunkeln darauf gewartet, dass er ihrer wieder gewahr würde. Aber Bens Rausch hatte die Paranoia überwunden. Er fühlte sich nun entspannt und unbekümmert. Jetzt hatte er sich schon vor allen Augen zum Affen gemacht, da konnte er es auch genauso gut durchziehen. Nachdem er sich aus dem Griff seiner Angst befreit hatte, konnte Ben die Augen auch wieder offen halten. Nun schaute er den Musiker direkt an, dem er gerade vorwiegend zuhörte. Und wenn sich ihre Blicke einmal trafen, glaubte er nun sogar ein freudiges lächeln zu sehen anstatt Belustigung. Da wurde ihm bewusst, dass er die Menschen im Saal die ganze Zeit in zu wenige Lager eingeteilt hatte. *Er* und *die anderen* spiegelten die Spannungsverhältnisse des Rudels logischerweise nicht annähernd ausreichend wider. Während er sich geziert hatte, vor Publikum zu tanzen, hatte die Band die ganze Zeit über vor einem Publikum gespielt, das nicht tanzte oder sonst irgendwie Begeisterung ausstrahlte. Wie mussten die sich dabei fühlen? Ben beschloss den Gedanken an die anderen Leute beiseite zu schieben und bewusst für die Band zu tanzen. Mochten die anderen mit der Band auch nicht zufrieden sein, in Eli und ihm würden sie ein dankbares Publikum haben.

Als der Auftritt zu Ende war, hatten Ben und Eli das Bedürfnis nach draußen an die frische Luft zu gehen. Drinnen war die Luft längst verbraucht und sie schwitzten nach der ausgiebigen

Tanzerei. Sie traten vor das Tor auf die Straße um für einen Moment der Masse zu entfliehen und sich in Ruhe unterhalten zu können. Eli drehte sich eine Zigarette.

„Ja Mann, nachher hast du ja doch noch ganz gut getanzt", bejubelte er Ben. Dieser nickte verlegen.

„Ich musste mich erst innerlich frei machen, bevor ich loslassen konnte. Ich bin einfach zu schüchtern um mich so exponiert wohlzufühlen", gestand er. Eli steckte sich seine frisch gedrehte Zigarette an.

„Ihr beiden seid ganz schön verklemmt, was?", fragte er rhetorisch. Und Ben war sich bewusst, dass es sinnlos war, daran zu zweifeln.

„Du musst dir immer über eines im Klaren sein", setzte Eli an. „Wer Spaß und gute Laune hat, hat immer einen Startvorteil. Selbst wenn dich die Leute schräg oder sogar nervig finden. So lange du positive Stimmung verbreitest, fällt es den Menschen schwer, dir dafür böse zu sein. Lass sie doch lachen, wenn ihr eigenes Leben nicht genug Spaß bietet. Aber nur die wirklichen Arschlöcher würden es dir ernsthaft übel nehmen, dass es dir gut geht. Die meisten freuen sich eher darüber, dass jemand gute Stimmung verbreitet." Ben wusste, dass Eli im Kern Recht hatte. Theorie und Praxis waren hier aber zwei ganz unterschiedliche Biester. Und sein Fachgebiet war nun einmal die Theorie.

„Aber heute hast du dich ganz gut geschlagen", fuhr Eli grinsend fort. „Es besteht also noch Hoffnung." Nachdem er seine Zigarette aufgeraucht hatte, wollten sie wieder zurück in den Club, aber der Türsteher hielt sie zurück. Eli sprach auf Spanisch mit ihm. Sie schienen zu diskutieren, bis Eli für seine Verhältnisse fast schon aufgebracht klang. Aber schließlich wandte er sich ab und nickte Ben zu, dass er folgen sollte.

„Komm wir gehen. Es hat keinen Sinn", sagte er. Ben folgte, wollte aber wissen, was überhaupt los war.

„Sperrstunde", sagte Eli. „Die Clubs dürfen eigentlich nur bis Mitternacht geöffnet haben, deswegen lassen sie nun niemanden mehr rein. Ich hatte nicht bemerkt, dass es schon so spät war."

„Aber da sind doch noch jede Menge Leute drin", protestierte Ben. Eli zuckte nur mit den Achseln.

„Und was ist mit unseren Jacken?", hakte Ben weiter.

„Das habe ich ihn auch gefragt, aber er blieb hart auf seinem Standpunkt, dass er niemandem mehr reinlassen würde", erklärte Eli. „Wir sollen unsere Sachen morgen holen."

„Die wollen uns nicht einmal unsere Jacken geben? Hier draußen ist es kalt", schimpfte Ben.

„Ich weiß", entgegnete Eli nur. „Mein Rucksack ist auch noch da drin. Die kommen schon nicht weg."

„Und was machen wir jetzt?" Aufgeregt schaute Ben umher, als würde irgendwo ein Schild mit der Lösung stehen.

„Wir könnten ins PEACE & LOVE gehen", schlug Eli vor. „Den Laden wollte ich dir ohnehin irgendwann zeigen."

„Ich dachte, es ist Sperrstunde", bemerkte Ben säuerlich, der eigentlich nicht nach einer Alternative gefragt hatte, sondern nach einer Lösung. Aber was nützte es darüber zu diskutieren. Am nächsten Tag würden sie ihre Sachen schon wieder bekommen. Hoffentlich.

„Sicher", sagte Eli. „Aber Javier lässt uns trotzdem rein." Da Ben genau wie Eli noch keine Lust hatte, den Abend schon zu beenden, willigte er ein. Die beiden beschlossen, den Weg wieder im Rennen zurückzulegen, da ihre verschwitzte Körper in der Kälte stark auskühlten.

~

Laila konnte nicht schlafen. Immerzu musste sie sich ausmalen, wie Ben mit anderen Mädchen tanzte und flirtete. Unweigerlich legte sich der altbekannte Druck auf ihre Brust und schnürte ihr die Kehle zu. Es hatte mal wieder keinen Sinn. So konnte sie nicht schlafen. Schon ertappte sie sich dabei, wie sie sich danach sehnte sich in die Sphäre zurückzuziehen, um dem Schmerz dieser Welt einstweilen zu entfliehen. Aber sie hatte Ben vor der Reise versprochen, es nicht mehr zu tun, so lange sie unterwegs waren. Sie wollte ihr versprechen nicht brechen. Aber er machte es ihr nicht leicht. Sich endlos im Bett herumzuwälzen hatte jedenfalls keinen Sinn. Seufzend setzte sie sich auf. Ob sie auf die Dachterrasse gehen sollte? Vielleicht half es, etwas anderes zu sehen als die eigenen Gedanken. Trotzdem fühlte sich ihr Körper zu schwer an, um die Mühen sich anzuziehen und dort hinauf zu gehen auf sich zu nehmen. Mürrisch hiefte sie sich auf die Beine, zog die Vorhänge auf und schaute prüfend aus dem Fenster. Nein, sie wusste, dass sie ihren Schmerz mitnehmen würde. Ihr Blick fiel auf das Buch, das Ben auf den Tisch gelegt hatte. Einer spontanen Regung folgend nahm sie es in die Hand und blätterte darin herum. Eli hatte sich viele Notizen gemacht, aber sie konnte seine Sauklaue beim besten Willen nicht entziffern. Sich mit den Dingen zu befassen, mit denen Ben sich beschäftigte, würde sie ihm aber zumindest gedanklich wieder näher bringen. Außerdem konnte es nicht schaden, sich mit etwas Lektüre abzulenken. Laila schaltete das Licht ein und setzte sich mit dem Buch wieder aufs Bett. *Die Dinge, über die wir gesprochen haben, stehen vor allem im zweiten Kapitel,* hatte Eli gesagt. Neugierig schlug sie es auf und begann zu lesen. Das Kapitel war nicht lang, aber die Thematik ging ihr unter die Haut. Laila wusste nicht, was sie widerlicher fand, Menschen das Gehirn zu zerschneiden oder die Vorstellung, dass da noch eine oder gar mehrere Personen in ihr wohnten. Am Ende des Kapitels musste sie erst einmal eine Pause einlegen. Was sie gerade gelesen hatte, war bereits Stoff zum Grübeln genug. Sie schlug das Buch zu und legte sich wieder hin. Was wenn es da wirklich noch eine Laila gab? Wenn das stimmte, musste diese ein schreckliches Leben führen. Denn Laila war sich sicher die volle Kontrolle über ihren Körper zu haben. Die andere Laila konnte also stets nur tatenlos zusehen, wie ihr dominanter Gegenpart Tag für Tag mit der alleinigen Herrschaft vor sich hin vegetierte. Das Ende des Films BEING JOHN MALKOVIC kam ihr in den Sinn, an dem der Protagonist ebenfalls im Kopf eines kleinen Mädchens gefangen war, verdammt dazu ewig nur als stiller Beobachter ihrem Leben beizuwohnen. Ein Schauer lief ihr über den Rücken und aus Abscheu wurde Mitleid. Aber wie konnte sie herausfinden, ob es da wirklich noch eine andere Laila gab? Laut Buch konnte ihr anderes Ich schließlich nicht zu ihr sprechen. Aber es müsste ihre linke Körperhälfte steuern können. Wenn es

Laila gelang loszulassen, müsste ihr anderes Ich die Kontrolle übernehmen können. Sie versuchte es mit Meditation. Nach und nach ließ sie alle Spannung aus ihrem Körper und versuchte keinerlei Befehle an ihn zu geben, horchte einfach nur in sich hinein. Früher hatte sie auf diese Weise im Bett gelegen und versucht, die Blutzufuhr zu ihrem Gehirn abzuschneiden, wie sie einmal gelesen hatte, dass Aborigines es könnten. Ohne Erfolg versteht sich. Auch dieses Mal schien sich nichts zu regen. Vielleicht war auch alles nur ein Hirngespinst oder es gelang ihr einfach nicht, wirklich die Kontrolle abzugeben.

Als sie es schließlich aufgab und ihre Gedanken fahren ließ, klopfte ihre linke Hand plötzlich ganz sachte auf ihren Schenkel. Hatte sie das getan? Sie konnte sich nicht entsinnen, den Befehl dazu gegeben zu haben. War es nur eine Zuckung ihrer Muskeln gewesen? Laila horchte weiter. Da begann ihre Hand sie in kleinen Bewegungen sanft zu streicheln. Es fühlte sich irgendwie tröstend an, als würde sie jemand anderes streicheln und damit sagen, es würde alles gut. Sie konnte sich nicht erinnern, wann sie so etwas zuletzt gespürt hatte. Aber kaum, dass Laila versuchte zu ergründen, ob sie es in Wahrheit selbst war, die ihre Hand dirigierte ohne es zu bemerken, hörte das Streicheln abrupt auf. Unweigerlich hatte ihr Verstand wieder die Kontrolle über ihren Körper übernommen und der Spuk war vorbei. Laila verfluchte sich, nicht einfach abgewartet zu haben. Angestrengt bemühte sie sich in den meditativen Zustand zurückzugelangen, was jedoch genau dadurch verhindert wurde. Ihre Hand blieb von nun an still. Aus Frust tat sie das Erlebnis als Einbildung ab. Sicher war sie es in Wahrheit selbst gewesen, die ihre Hand bewegt hatte. Es war auch ein alberner Gedanke. Ohne zu merken, dass sie nicht mehr über Ben nachdachte und der Druck aus ihrer Brust gewichen war, schlief Laila schließlich ein.

~

Als sie vor dem PEACE & LOVE ankamen, musste Ben sich eingestehen, dass er Eli hoffnungslos ausgeliefert war. Stoned wie er war, hatte er schon nach wenigen Blocks die Orientierung verloren und hatte nun nicht die leiseste Ahnung, wo sie waren. Er machte sich seinetwegen zwar keine Sorgen. Die selbstsichere Gelassenheit, die Eli unentwegt ausstrahlte, ließ ihn sich in Sicherheit wiegen. Aber es behagte ihm nicht, dass er nun nicht mehr jeder Zeit auf eigene Faust zu Laila zurückkehren konnte – nicht ahnend, dass sie sich gleich um die Ecke ihres Hostels befanden. Er würde auf Elis Hilfe angewiesen sein, der wiederum dazu in der Verfassung sein musste, diese auch zu leisten. An eben dieser Stelle konnte es knifflig werden, wie Ben befürchtete.

„Hier ist es?", fragte Ben skeptisch, denn sie standen vor einer verschlossenen Holztür eines langgestreckten, einstöckigen Gebäudes, das in der Kolonialzeit vielleicht einmal eine Reihe von Lagern gewesen sein mochte. Nirgendwo war ein Schild oder sonst etwas zu sehen, das darauf hinwies, dass es sich hier um eine Bar handelte. Es war auch keine Musik zu hören, die auf regen Betrieb schließen lassen würde.

„Jo", antwortete Eli. „Wir müssen erst einmal klopfen, damit Javier uns reinlässt."

„Wegen der Sperrstunde?", vermutete Ben.

„Nein, das liegt daran, dass Javier eigentlich gar keine

Genehmigung für eine Bar hat. Tagsüber bietet er hier quasi als Restaurant Ceviche an. Abends hat er offiziell geschlossen." Mit diesen Worten klopfte Eli an die Tür. Nichts geschah. Ben wunderte sich, dass ein Laden ohne Genehmigung mitten in der Altstadt überhaupt existieren konnte.

„Oh Mann, hoffentlich ist er heute da", sagte Eli daraufhin. „Das weiß man natürlich nie so genau." *Auch gut*, dachte Ben. Vielleicht war es ohnehin besser, wenn er zu Laila zurückkehrte. Es würde noch andere Gelegenheiten zum Feiern geben. Eli klopfte erneut, dieses Mal etwas energischer. Einen Moment später öffnete sich eine kleine Luke in der schweren Holztür und eine fröhlich grinsender Peruaner mit etwas längerem Haar und Hippie-Stirnband schaute heraus. Er und Eli begrüßten sich fröhlich und die Tür wurde aufgeschlossen. Sobald sie eingetreten waren, verriegelte der Peruaner die Tür wieder sorgfältig hinter ihnen.

„Willkommen im PEACE & LOVE", sagte Eli mit ausladender Geste. „Das hier ist Javier, ein guter Freund von mir." Javier und Ben gaben sich die Hand, bevor der Peruaner zurück hinter seine Theke ging und Ben sich erst einmal umsehen konnte. Innen war das Gemäuer genauso roh und heruntergekommen wie von außen, nur dass die Wände mit bunten Flower-Power-Motiven bemalt waren. Die Einrichtung war mutmaßlich aus anderswo ausrangierten Möbeln zusammengewürfelt und gaben der Bar ähnlich wie ihrem Hostel eine gewisse Studentenatmosphäre. Außer ihnen waren nur zwei andere Gäste da: Ein kleiner Dicker, der kaum ein Wort sagte, und ein Hagerer, der Ben im Laufe der Nacht mehrfach beteuerte kein Franzose zu sein. Dabei sah er mit seinen schmalen Gesichtszügen, seinem intellektuellen Schal und seinem – für peruanische Verhältnisse extrem hellen – Pferdeschwanz aus, als hätte er gerade erst die Bastille gestürmt.

„Warum läuft hier eigentlich keine Musik?", fragte Eli rhetorisch. „Das sollten wir ändern, Ben. Musik kannst du hier in der Ecke an dem Rechner selbst auswählen. Einfach immer hinten an die Queue anhängen. Fällt dir spontan ein, was du hören willst?" Ben schürzte die Lippen. Wie so häufig, wenn jemand eine unerwartete Entscheidung von ihm abverlangte, war sein Kopf erst einmal leer.

„Gerade fällt mir nichts bestimmtes ein", erwiderte er, weil es ihm gerade zu anstrengend schien, sich ein paar Titel aus den Fingern zu saugen.

„Auch gut", sagte Eli. „Warum holst du uns dann nicht schon einmal zwei Bier bei Javier? Du weißt ja nun, wie das geht. Und ich mache uns derweil etwas Musik." Ben behagte es nicht, unbeaufsichtigt auf Spanisch Bestellungen zu tätigen. Aber Eli war bereits mit YOUTUBE beschäftigt und Ben wollte auch kein Weichei sein. Also ging er zur Theke. Der offenbar ständig grinsende Javier machte ihm zum Glück leichtes Spiel, denn er hatte ohnehin nur eine Sorte Bier. Während Javier die Flaschen aus dem Kühlschrank holte und öffnete, viel Bens Blick auf ein kleines Schild zu seiner Linken. *Hier kommen keine Betrunkenen rein*, übersetzte er mit Hilfe seines Mobiltelefons. *Sie gehen raus*. Ben schmunzelte und nahm dankend nickend das Bier entgegen, mit dem er erst einmal an der Bar stehenblieb. Plötzlich donnerte das Intro von BACKDOOR MAN in der Doors-Version durch den Saal und Eli tauchte wieder an Bens Seite auf.

„Hach, ich liebe die Doors", seufzte Eli und stieß mit Ben an. „Leider hört man sie heutzutage viel zu selten, wenn überhaupt. Wusstest du, dass sich die Band nach Aldous Huxleys Essay DIE PFORTEN DER WAHRNEHMUNG benannt hat? In dem Paper setzt Huxley sich mit seinen Meskalinerfahrungen auseinander. Er ist davon überzeugt, dass psychedelische Drogen vorübergehend den Filter in unserem Gehirn ausschalten würden, der uns überhaupt erst Lebensfähig mache. Anderenfalls würden wir uns von Reizen überflutet überhaupt nicht zurechtfinden. Die Doors wiederum glaubten fest, dass Drogen wie LSD ihnen einen ganz neuen Zugang zur Musik verschafft hätten. Man müsse die Pforten der Wahrnehmung öffnen, um die Dinge aus einer anderen Perspektive zu betrachten." Eli war ein unendlicher Quell zusammenhanglosen Wissens. Ben wusste nur nicht immer, was er daraus machen sollte. Also nahm er alles erst einmal nur zur Kenntnis. Eli war ohnehin alle paar Minuten mit etwas anderem beschäftigt. Vor allem hatte er den Hang, jeden Menschen einfach anzusprechen. Woher er immer Themen fand, mit denen er auf wildfremde Menschen eingehen konnte, war Ben ein Rätsel. Leider verstand er auch nicht, was Eli auf Spanisch sagte. Jedenfalls kamen sie auf diese Weise auch mit den beiden anderen Gästen im PEACE & LOVE ins Gespräch und begannen mit ihnen auf peruanische Art zu trinken. Ben hatte sich schon gefragt, warum die Bierflaschen in Peru so groß waren. Die Antwort darauf war für amerikanische Gewohnheiten gewöhnungsbedürftig. Denn üblicherweise teilte sich eine Gruppe in Peru eine Bierflasche zur Zeit. Dazu gab es dann auch nur ein einziges kleines Glas, das fliegend die Runde machte. Wie sich herausstellte, veranstaltete der Dicke Hahnenkämpfe.

Auch jetzt hatte er einen kleinen Holzkäfig mit einem großen Kampfgockel dabei, der sich aus Platzmangel in Geduld übte. *So enden die Nachfahren der mächtigen Dinosaurier,* dachte Ben. Wie sich schnell herausstellte, kannte der Mann auch kein anderes Thema als Tierkämpfe. So erzählte er unter anderem, dass Stierkämpfe in Peru nicht mit dem spanischen Vorbild zu vergleichen seien. Hier binde man einen Kondor mit einer langen Leine an einen wilden Stier und ließe diese ungleichen Gegner gegen einander kämpfen anstatt gegen Menschen. Meistens gewann jedoch der Kondor, weil der Stier irgendwann erschöpft an seinen vielen kleinen Wunden verblute. Da Ben von alldem keine Ahnung hatte, war es zunächst recht spannend, wenn auch befremdlich. Auf die Dauer wurde ihm das Gesprächsthema aber doch etwas eintönig. Zum Glück wurde er nach einiger Zeit durch lautes Klopfen an der Tür erlöst. Eli öffnete auf einen Wink von Javier hin, nicht jedoch ohne vorher nachzusehen, ob es sich tatsächlich um potenzielle Gäste handelte. Herein kamen zwei Straßenmusiker mit Cajon und Querflöte. Vermutlich wollten sie nur zum Feierabend in Ruhe ein paar Bier trinken, aber der falsche Franzose überredete sie zu einer letzten Darbietung des Tages und ließ es sich auch nicht nehmen dazu zu tanzen. Eli gesellte sich kurz darauf zu ihm. Ben fand die Mischung der Instrumente ungewöhnlich. Aber sie funktionierte dank des dynamischen Flötenspiels erstaunlich gut. Plötzlich fühlte sich Ben in der kleinen Bar ohne Fenster wie in einer eigenen Welt, in der das Universum vor der Tür mit all seinen Sorgen und Problemen in Vergessenheit geriet. Die Nacht hätte aus seiner Sicht noch ewig so weitergehen können. Aber jeder schöne Moment geht einmal vorbei. Und so gingen zunächst die

Straßenmusiker wieder und schließlich auch ihre beiden Saufkumpanen, die bereits deutlich über den Durst getrunken hatten. Ben dachte schon, dass die Nacht damit vorüber sei, als Javier sie hinter seinem Tresen angrinste.

„Queréis fumar?", fragte er seine verbliebenen Gäste.

„Er fragt, ob wir mit ihm noch eine Sniffte pifften wollen", übersetzte Eli. Und Ben nickte freudig. Warum den Abend nicht entspannt ausklingen lassen? Also führte Javier sie rechts am Tresen und der winzigen Küche vorbei, wo über der Toilette eine schmale, gewundene Treppe auf das Dach hinauf führte. Das Dach bestand im Grunde nur aus den Oberseiten der Deckengewölbe der einzelnen Parzellen des Gebäudes. Gerade Flächen suchte man vergebens. Dennoch standen oben auf der Rundung vom Dach des PEACE & LOVE ein einfacher Holztisch und drei Stühle wie bereit zum Kartenspielen. Und die Kluft zum Nachbargewölbe überbrückte ein abgewetztes Ledersofa, das der Witterung tapfer, aber auf Dauer vergebens Widerstand zu leisten schien. Dort ließen sie sich hineinfallen und schauten so weit es vom ersten Stock aus ging über die nächtliche Stadt, während Javier einen Joint baute. Selbst im Dunkel der Nacht zeichneten sich die Umrisse der Vulkane ab. Einer der Vulkane, der auch das Wahrzeichen der Stadt war, erhob sich mit seiner einzelnen Spitze wie der Schicksalsberg in den Nachthimmel. Passenderweise war er auch der einzige der drei Vulkane, der noch aktiv war. Es hieß sogar, dass sein nächster Ausbruch gewissermaßen überfällig sei. Auf ihn deute Javier, während er den ersten Rauch ausblies. Ben verstand nicht, was Javier sagte, aber Eli übersetzte für ihn, als wären es seine eigenen Worte:

„Ich habe mein ganzes Leben am Fuße dieses Vulkans verbracht, aber ich habe ihn noch nie bestiegen und von oben auf die Stadt gesehen." Einen Moment starrten sie alle auf den drohenden Schatten in der Ferne. Dann sprach Eli wieder für sich selbst:

„Warum machen wir das nicht einfach?", fragte er auf beiden Sprachen, damit beide Gesprächspartner ihn verstanden.

„Einfach?", fragte Ben. „Kannst du bergsteigen?" Eli schüttelte grunzend den Kopf.

„Ich weiß aber zufällig, dass man nicht klettern muss, um dort hinaufzugelangen. Man kann gehen und es werden dafür sogar Führungen angeboten. Es wird dort oben nur sehr kalt sein und die Luft ist auf fast 6000 Metern natürlich schon recht dünn", erklärte er und Javier bestätigte das. Das änderte die Lage für Ben. Mit einem Mal begann der Vulkan einen gewissen Sog zu entwickeln. Warum es nicht zumindest versuchen? Laila und er hatten diese Reise schließlich angetreten um etwas außergewöhnliches zu erleben. Und in den Krater eines aktiven Vulkans zu blicken, schien sich dafür mühelos zu qualifizieren.

„Wo kriegen wir warme Kleidung her?", fragte Ben, sich nun ernsthaft mit der Idee befassend. „Meine Schwester und ich sind nicht für Kälte ausgestattet."

„Ach, die kann man sich bestimmt irgendwo leihen", meinte Eli, der es als Herumtreiber gewohnt war sich von anderen Menschen unter die Arme greifen zu lassen. „Jedenfalls ist das kein Problem, das uns davon abhalten sollte, es zu versuchen."

„Ist so eine Führung denn teuer?", fragte Ben, der selbst betrunken und bekifft nicht wahnsinnig genug war, es auf eigene

Faust versuchen zu wollen. Und seine Gefährten schienen es zum Glück auch nicht zu sein.

„Ach was, das kostet bestimmt nur 150 Soles oder so", meinte Eli und das hörte sich für Ben tatsächlich nicht zu teuer an, nachdem er es im Kopf grob umgerechnet hatte. Und so beschlossen die drei gemeinsam den Vulkan zu besteigen. Warum auch nicht?

LEKTION 3

Auf längeren Ausflügen und auf jeder Reise durch das Land immer eine Rolle Klopapier dabei haben! Wer glaubt, dass Klopapier zur internationalen Standardausstattung von Restauranttoilletten gehört, der irrt. Wenn ihr also nicht irgendwann spontan auf MacGyver umschulen wollt, solltet ihr besser vorbereitet sein.

Laila wurde von der Sonne geweckt, die durch das Fenster hereinfiel. Offenbar hatte sie in der Nacht vergessen, die Vorhänge wieder zu schließen. Aber sie weigerte sich, den Tag sofort zu beginnen, denn ihre Gedanken waren sogleich wieder bei ihrem Erlebnis vor dem Einschlafen. Sie kam sich dumm vor, es überhaupt ernst genommen zu haben. Aber dann erinnerte sie sich, wie gut sich die Berührung angefühlt hatte. Schon deswegen wollte sie das Ganze noch einmal reproduzieren. Und wenn sich dabei herausstellte, dass alles nur Einbildung war, wäre das auch gut. Immerhin war sie dann doch nur sie und das würde ihr die Sorge um ein anderes Ich ersparen. Sie hatte schließlich schon genug mit sich selbst zu tun. Schon deswegen wollte sich Laila Klarheit verschaffen. Sie musste ihr Erlebnis reproduzieren. Also hielt sie die Augen geschlossen, um sich gar nicht erst von der Welt ablenken zu lassen, und versuchte wieder in ihren meditativen Zustand zu gelangen. Eigentlich hätte ihr das leicht fallen müssen. Schließlich konnte sie sich normalerweise auch auf Befehl in die Sphäre begeben. Aber an diesem Morgen war es anders. Sie war unruhig, fast ein bisschen aufgeregt. Ihre Gedanken kreisten wie gewohnt um nur ein Thema, doch viel hektischer, energischer als sonst. Es war ihr unmöglich, ihre Gedanken einfach fahren zu lassen. Wie sollte sie so die Kontrolle über ihre Gliedmaßen abgeben können? Sie musste irgendwie zur Ruhe kommen.

Vielleicht sollte sie erst einmal duschen gehen. Die Dusche war bekanntlich ein guter Ort, um den Gedanken freien Lauf zu lassen und auch Laila kamen die besten Ideen immer beim Duschen. Beseelt von dem Drang, der Frage nach ihrem anderen Ich auf den Grund zu gehen. Stieg sie aus dem Bett und ging geradewegs ins Bad. Dort wartete sie geduldig, bis die abenteuerliche Konstruktion das Wasser auf akzeptable Temperatur gebracht hatte. Laila hatte wie Ben jedes Mal Angst einen elektrischen Schlag zu bekommen, weswegen sie stets nur mit ihren Badelatschen zur Isolierung unter die Dusche ging. Manchmal bildete sie sich auch ein, dass es auf der Haut kribbelte. Aber als sie schließlich das lauwarme Wasser beruhigend an sich hinunterrinnen spürte, trat ziemlich schnell der erhoffte Effekt ein. Gespannt schloss Laila die Augen und horchte in sich hinein. Wie in der Nacht zuvor versuchte sie die Kontrolle über ihre Glieder abzulegen. Schon nach kurzer Zeit spürte sie, wie ihre linke Hand ihren rechten Arm streichelte. Das hatte sie nicht bewusst getan, oder doch? Sie musste versuchen, Kontakt aufzunehmen, um sicher zu gehen.

Bist du das?, fragte Laila in sich hinein. *Steuerst du gerade meine Hand?* Laila erinnerte aus dem Buch, dass ihr anderes Ich nicht würde antworten können, da es nicht sprechen kann. Aber da tätschelte ihre linke Hand plötzlich ihren rechten Arm, als wolle sie die Vermutung bekräftigen. Gleichzeitig wurde sie von einer freudigen Wärme erfüllt, wie bei einer lang ersehnten Begegnung. Laila vermochte sich nicht des Drangs erwehren, die Augen zu öffnen und ihre Hand anzusehen. Konnte es wirklich sein, dass nun ihr anderes Ich darin steckte? Gebannt hielt Laila den Atem an, während ihr linker Arm die Hand ausstreckte und mit den Fingerspitzen über die nassen Fliesen strich. Laila spürte die kalten Wassertropfen und es fühlte sich ungewohnt an; ein bisschen so, als hätte sie noch nie zuvor Wassertropfen berührt. Es war irgendwie aufregend und neuartig. Ertastete sie gerade zum ersten Mal die Welt aus Sicht ihres anderen Ichs? Laila zitterte leicht vor Aufregung. *Du bist es wirklich nicht war? Nach all den Jahren bemerke ich endlich, dass du da bist.* Mit einem Mal fühlte Laila sich, als wäre ihr Inneres geöffnet worden und strömte endlich aus ihr heraus. Im ersten Augenblick fühlte sie sich losgelöst und unbeschwert. Doch dann brach sie in Tränen aus. Aber es waren gute Tränen. Statt auf Wut oder Abscheu gestoßen zu sein, vergoss sie nun Tränen der Erleichterung. Wenn dies ihr anderes Ich war, dann schien es zumindest in diesem Moment keinen Groll gegen sie zu hegen. Das war ein unbeschreiblich schönes Gefühl. Schließlich legte ihr linker Arm die flache Hand an die Wand und verharrte dort. Vollkommen überwältigt brauchte Laila einen Moment um zu verstehen, dass dies womöglich die erste symbolische Handreichung mit ihr selbst war. Dieses Mal genoss sie die Erfahrung zunächst nur, anstatt sie zu analysieren, noch bevor sie überhaupt vorüber war. Beflügelt durch die unglaubliche Freude, die sie durchströmte, nahm sie erst einmal einfach nur hin, wie sich die Welt ihr darstellte. Bis das Gefühl allmählich verblasste und ihr Körper wieder unzweifelhaft ganz unter ihrer Kontrolle stand. Geradezu euphorisch schäumte sie sich endlich ein, um die Dusche noch ihren eigentlichen Zweck erfüllen zu lassen.

Erst beim Abtrocknen, als sich die erste Aufregung langsam legte, ließ Laila die üblichen Zweifel wieder zu. Es war in Wahrheit noch zu früh irgendwelche Schlüsse zu ziehen, wenn es sich auch unglaublich real angefühlt hatte. Es drängte sie mit Ben über das zu sprechen, was sie soeben erlebt hatte. Er würde sicher sehen, an welcher Stelle sie sich verrannt hatte – sofern sie sich überhaupt verrannt hatte. Aber als sie aus dem Badezimmer trat, bemerkte sie, dass Ben überhaupt nicht da war. Das Bett war leer.

Augenblicklich schoss der Druck mit herzzerreißendem Schmerz zurück in ihre Brust. Für Laila war klar, dass Ben bei einem Mädchen übernachtet haben musste. Panisch lief sie in dem kleinen Zimmer auf und ab, wusste mit einem Mal nicht mehr wohin mit ihr und ihren Gedanken. Wimmernd versuchte sie die schrecklichen Bilder aus ihrem Kopf zu halten, aber sie prasselten unentwegt auf sie ein. Der Druck schnürte ihr so sehr die Kehle zu, dass ihr das Atmen weh tat. Es gab nur einen Ausweg: die Sphäre.

Wie auf Autopilot zog Laila die Vorhänge zu und füllte das Glas, in dem sonst ihre Zahnbürsten standen mit Wasser. Dann stellte sie es mitten im Raum auf den Fußboden. Es war bereits zu warm, um durch Kälte die Illusion von Feuchtigkeit aufzubauen. Deswegen zog Laila sich gar nicht erst aus, sondern legte sich, wie sie war, vor das Glas auf den Fußboden. Es gelang ihr trotz der ungewohnten Umstände sehr schnell, sich in die Sphäre zu begeben. Mittlerweile hatte sie so viel Übung, dass sie auf Befehl direkt hineintauchen konnte. Nur war es dieses Mal anders. Laila war nicht als Garnele dort, sondern als sie selbst. Denn das Glas war leer. Um sie herum war nichts als azurblaues Wasser, durch das Sonnenstrahlen schienen. Allerdings konnte sie das Wasser nicht fühlen, es war weder nass noch übte es irgendeinen Druck auf sie aus. Wo sonst ein Algenzweig und winzige Garnelen herumtrieben, die ihr stumm Gesellschaft leisteten, war nun nichts. Genauso leer waren Lailas Gedanken, während sie reglos im Nirgendwo trieb. Sie war weder Garnele noch Pflanze. Sie war einfach nur. Und je länger sie diesen geistigen Zustand aufrecht erhielt, desto leichter wurde sie. Bis sie schließlich den Bezug zu ihrem Körper vollständig verlor und unwillkürlich als reiner Geist hinauf an die Oberfläche stieg. Als sie die Oberfläche durchbrach, wurde das Wasser plötzlich so flach, dass sie darin hätte sitzen können. Stattdessen blieb sie aber eine Weile einfach liegen, trieb schwerelos auf dem Wasser, welches sie nach wie vor nicht spüren konnte. Bis sich wie aus dem Nichts wieder Gedanken und Gefühle in ihr Bewusstsein drängten. Doch sie schienen nicht ihre eigenen zu sein. Die Stimme, die sie gewöhnlich als ihre Gedanken in ihrem Kopf hörte, blieb nach wie vor stumm. Genaugenommen nahm sie überhaupt keine Worte wahr. Vielmehr spürte sie eine kindliche Aufregung und Neugier, wie Laila sie nur entfernt aus ihrer Kindheit erinnern konnte. Im Versuch zu ergründen, woher diese Gefühle kamen und warum sie ihr so vertraut waren, richtete Laila sich auf. Um sie herum war nichts als Schwärze, nur ein schwacher Schimmer erhellte ihre nächste Umgebung. Laila fühlte sich wie in einer riesigen Höhle. Ihr Verstand sagte ihr, sie müsste eigentlich frieren, wo sie doch gerade aus dem Wasser kam. Aber weder spürte sie Kälte, noch dass ihre Klamotten feucht waren. Wo war sie? Sie drehte sich um. Hinter ihr lag etwas seitlich versetzt der Ausgang der Höhle wie ein riesiges Fenster zur Welt. Dort draußen im schummrigen Licht erblickte Laila zu ihrem Erstaunen das Wasserglas, welches sie in der wirklichen Welt vor sich auf den Boden gestellt hatte, um in die Sphäre einzutauchen. Die Marmorierung der Bodenfliesen zog sich wie ein Geflecht aus Adern direkt auf sie zu. Offenbar blickte sie durch ihr linkes Auge, das dem Boden näher war. In dem Moment dieser Erkenntnis wurde die Luft plötzlich von einer warmherzigen Freude erfüllt, als würde Laila von einem alten Bekannten empfangen. Es war ein ähnliches Gefühl wie jenes, das sie bereits unter der Dusche gehabt hatte. Noch ehe sie wusste, wie ihr geschah, stand Laila in einer Badewanne voll mit herrlich warmem Wasser. Laila spürte die Wärme des Wassers nicht, merkte jedoch wie angenehm es sich an den Füßen anfühlte. So wie sich ein warmes Fußbad anfühlen würde, wenn man das Fußbad selbst wegdachte. Laila hatte keinen Zweifel darüber, dass es eben dieses Gefühl war, obwohl sie nicht einmal gewusst hatte, dass sie wusste, wie es sich anfühlte. Neugierig ließ Laila sich in das Badewasser sinken. Erst jetzt bemerkte sie, dass sich ihre Umgebung komplett verändert hatte. Was sie sah, war das Badezimmer ihrer Großeltern, wo sie als kleines Kind ab und zu gebadet hatte. Dann hatte sie immer mit den Seifendosen gespielt. Voll kindlicher Unbeschwertheit und unmittelbarem Erfahrungstrieb hatte sie Wasser darin eingeschlossen oder die einzelnen Hälften als Boote benutzt. Noch immer fühlte Laila nur die innere Wonne und die Geborgenheit des leichten Drucks, der sie umgab, aber nicht das Wasser selbst. Wenn sie die Hand aus dem Wasser hob, fühlte sie, was die Frische der Verdunstungskälte mit ihr machte, nicht jedoch die Nässe der Wassertropfen, die auf ihrer Haut den Arm hinunterglitten. Laila badete im Grunde gar nicht im Wasser, sie badete in Gefühlen – zum Teil in Gefühlen, die sie schon gar nicht mehr richtig gekannt hatte.

~

Nichts ahnend kam Ben am späten Morgen ins Hostelzimmer. Er bemühte sich leise zu sein, falls Laila noch schlief. Seine müden Augen mussten sich erst an die verhältnismäßige Dunkelheit im Vergleich zur gleißenden Sonne auf der Straße gewöhnen, sodass er Laila auf dem Boden nicht gleich bemerkte. Aber das Bett war leer, sie schien also schon wach zu sein. Also so zog er die Vorhänge auf. Als er sich dann umdrehte, erblickte er seine Schwester *shrimpend* auf dem Fußboden. Verstrahlt wie er von der durchzechten Nacht noch war, musste er erst begreifen, was er dort vor sich hatte. Dann trat er eilig aus dem Licht. Normalerweise sollte Laila bei Tageslicht ihre Umgebung deutlicher wahrnehmen und darüber wieder zu sich kommen, aber dieses Mal rührte sie sich nicht. Hastig kniete Ben sich zu ihr und fühlte ihren Puls. Sie lebte.

"Hey Laila, bist du da?" Er stupste ihr an die Schulter, wartete kurz, dann schüttelte er sie leicht. „Wuschelkopf, sag doch was." Nichts. *Verdammte Scheiße*, dachte Ben. Er hätte es wissen müssen. Wie hatte er nur so naiv und ignorant sein können? Was sollte er denn jetzt tun? Er konnte wohl kaum Hilfe holen. Wie sollte er den Leuten erklären, was hier los war? Er sprach nicht einmal ihre Sprache. Und was würden sie in diesem Land dann mit ihr anstellen? Kam sie gleich in irgendeine Anstalt? Nein, er musste Laila irgendwie selbst wach bekommen. Aber wie? Er wusste doch überhaupt nicht, was dieses Mal anders war. Verzweifelt sah er sich im Zimmer um, ob ihm irgendetwas auffiel. Er ging ins Bad. Auch nichts. Nur die schwüle Luft und der Geruch von Shampoo deuteten darauf hin, dass Laila vor nicht allzu langer Zeit geduscht hatte. Sie hatte also nicht die ganze Nacht dort gelegen, was Ben ein klein wenig beruhigte. Als er wieder aus dem Bad kam, sah Ben Elis Buch auf dem Tisch vor dem Fenster liegen. Sofort kam ihm das MDMA in den Sinn, das Eli ihm darin überreicht hatte. *Du musst die Pforten deiner Wahrnehmung öffnen, um die Dinge aus einer anderen*

Perspektive zu betrachten. War das wirklich der Schlüssel zu Lailas Welt? Jeder würde ihm sagen, dass dies ein denkbar schlechter Zeitpunkt war, um weitere Drogen zu nehmen. Aber in dem Moment erschien es ihm als eine gute Idee. Lailas Zustand war vorerst nicht bedrohlich, dafür war sie aber in genau der Verfassung, in die Ben sich besser hineinfühlen wollte. Vielleicht würde er so auf die Lösung stoßen, vielleicht auch nicht. Womöglich würde Laila in der Zwischenzeit von selbst wieder zu sich kommen. Was hatte er zu verlieren? Hastig hievte Ben seinen Rucksack auf einen Stuhl und kramte aus einem Fach im inneren ein gefaltetes Papier hervor, in dem Eli ihm die Pille zugesteckt hatte. Erneut ergriffen ihn Unsicherheit und eine leichte Furcht, alles noch schlimmer zu machen. Er setzte sich erst einmal auf den Stuhl und starrte das Päckchen eine Weile an. Was hatte er zu verlieren außer Zeit? Er konnte vielleicht einen Bad-Trip haben, aber das hätte er nicht besser verdient. Er schaute noch einmal zu Laila, die unverändert in ihrer Embrionalstellung dalag. Dann faltete er das Papier auseinander.

~

Laila hätte sich ewig in diesem Moment verlieren können. Sie planschte nicht herum, aber es fühlte sich so an, als würde sie es tun. Sie spürte die Befriedigung des einstigen Spieltriebs, das Ausleben der Fantasie und des ungetrübten Entdeckergeistes im Hier und Jetzt, ohne dass ein Gedanke an die Sorgen von Morgen sie ablenkte. Es konnten Minuten oder Stunden vergangen sein, als sie schließlich den Drang verspürte, sich wieder zu erheben und die Umgebung zu erkunden. Wieder war sie vollkommen trocken, als sie aus der Wanne stieg und hatte auch nicht den

Impuls sich abzutrocknen. Ihrer kindlichen Neugier folgend tapste sie in die Dunkelheit. Vor ihr lag wie zu Beginn das Nichts. Sie drehte sich um. Bad und Badewanne waren ebenfalls verschwunden. Doch bevor sie Beklemmung entwickeln oder gar in Panik verfallen konnte, erschien Ben aus dem nichts. Er saß neben ihr auf dem Bett im Krankenhaus und legte den Arm um sie. Eine Erinnerung, die im Nachhinein schöner war, als es in jenem Moment für sie gewesen war. Jetzt konnte sie sich ganz auf seine Nähe und Fürsorge konzentrieren, anstatt sich zu wünschen tot zu sein.

Dann war Ben plötzlich wieder weg. Erschrocken drehte sich Laila in der Dunkelheit umher. Sie war allein. Die Erinnerung daran, dass sie auch wirklich allein im Hostelzimmer lag, kroch zurück in ihr Bewusstsein und breitete sich in ihren Gedanken aus. Schon legte sich wieder der schmerzende Druck auf ihre Brust. Doch da wurde sie plötzlich an der Hand berührt. Nicht oberflächlich, denn dort war überhaupt niemand. Laila fühlte auch diese Berührung nur unter der Haut. Es war eine zärtliche Berührung, ganz flüchtig nur, die kurz darauf ihren Arm hinaufglitt und verblasste, aber gleich wieder zurückkehrte und ihr über beide Schultern strich wie bei einer sanften Massage. Die Berührung zog von den Schulterblättern in immer weiteren Kreisen über ihren Rücken, bis sie oben über die Schultern rutschte. Ein Schauer durchlief Lailas Körper, in dessen Anschluss sie sich in der innigsten Umarmung, die sie je verspürt hatte, wiederfand. Kein Mensch war ihr je so nahe gekommen. Es war, als würde jemand seine Arme und Beine ums sie wickeln. Imaginäre Hände streichelten sie an Hals und Nacken.

~

Zunächst merkte Ben nichts. Obwohl er damit gerechnet hatte, machte ihn das Warten ungeduldig. Jetzt saß er auf seinem Stuhl und ließ die Zeit verstreichen, während Laila dort in ihrem Elend lag. Vielleicht sollte er es ihr zumindest etwas bequemer machen. Wer wusste schon, wie lange sie noch so dort liegen würde. Was war er nur für ein unempathischer Tölpel! Sofort sprang er auf, klaubte die Decken und Kissen vom Bett und breitete sie auf dem Fußboden aus. Er baute ein regelrechtes Kuschelnest. In seinem Tatendrang stellte er auch eine Flasche Wasser bereit und trug zusammen, was er an Nahrungsmitteln finden konnte. Laila sollte es gut haben. Zum Schluss zog er die Gardinen wieder zu. Es brauchte niemand zu sehen, was mit Laila los war – oder mit ihm, was auch immer mit ihm geschehen würde. Als er fertig war, hockte er sich wieder hinter seine Schwester. Hoffentlich bekam er sie aus dieser Position überhaupt angehoben. Zum Glück musste er sich nicht mit ihr aufrichten, sondern Laila nur vorsichtig ein Stück zurücksetzen. Und so gelang es ihm Körperteil für Körperteil. Liebevoll bettete Ben seine Schwester in sein Kuschelnest. Als er sie so friedlich daliegen sah, verspürte er das Bedürfnis, sie in den Arm zunehmen. Ohne zu überlegen folgte er dieser Eingebung, legte sich zu ihr und schlang einen Arm um sie.

„Es tut mir leid, Schwesterchen. Ich hätte für dich da sein sollen, als du mich brauchtest. Es tut mir so leid", flüsterte er ohne zu wissen, ob sie ihn überhaupt hören konnte. Aber er wollte ihr unbedingt vermitteln, wie viel sie ihm bedeutete und dass er von nun an immer für sie da sein würde. Also drückte er sie fester an sich und blieb eine Weile so mit ihr liegen.

Dann setzte der Kick ein. Von einem Augenblick auf den anderen fühlte sich Bens Körper an, als würde er mit Kohlensäure versetzt. Ausgehend vom Rückenmark stoben Wellen puren Wohlgefühls durch seinen Körper. Seine Sorgen und Ängste waren wie weggefegt, verdrängt von einer vollkommenen Glückseligkeit, die ihn alles um ihn herum vergessen ließ. Aber es war keine einfache Euphorie, die Ben erfüllte, sondern reine, ziellose Liebe. In diesem Moment hätte er die ganze Welt umarmen können. Stattdessen vergrub er sein Gesicht unwillkürlich in Lailas süß duftendem Haar und horchte einfach nur in sich hinein. Er hatte nicht gewusst, dass man so fühlen konnte. Doch nun, da er es fühlte, wurde ihm unmittelbar klar, dass es im Leben auf nichts anderes ankam. Alles was man für ein erfülltes Leben brauchte, war die reine, ziellose Liebe gegenüber allem und jedem. Wie kam es, dass die Menschen stets so kalt und distanziert zueinander waren, wenn man sich doch einander öffnen und sich umarmen konnte? Warum liebten sich nicht alle Menschen einfach? Ihm war völlig klar, dass Emma ihm eine absolut übernatürliche Dosis Liebe schenkte, die sich durch einfache menschliche Nähe nicht erzielen ließ. Aber war nicht gerade das ein Grund nicht an Liebe zu sparen?

Der erste Schub emotionaler Überwältigung verebbte langsam. Ben hatte jedes Zeitgefühl verloren. Er mochte stundenlang in Emmas zärtlicher Umarmung gelegen haben oder auch nur ein paar Minuten. Zwar blieb Ben ganz und gar von grenzenloser

Liebe erfüllt, doch sein Geist eroberte allmählich genügend Raum zurück, um zu wissen, wo er überhaupt war und was er tat. Er nahm auch wieder die Ausmaße seines Körpers wahr, der noch immer von einem aufgeregten Kribbeln erfüllt wurde. Ben bemerkte, dass dieses Kribbeln sich insbesondere an Stellen sammelte, an denen sein Körper berührt wurde. Jede noch so kleine Berührung fühlte sich an wie eine Liebkosung. Und so wurde Ben wieder bewusst, dass er nicht alleine war. Vielmehr wurde der Raum zwischen seinem Arm und seinem Oberkörper von einer warmen, weichen Entität ausgefüllt, deren Anwesenheit nun seine ganze Aufmerksamkeit auf sich zog. Er hatte immer gewusst, dass er seine Stiefschwester liebte – nicht wie eine Liebhaberin, sondern wie eine richtige Schwester. Aber was genau war der Unterschied? In diesem Moment, geleitet von Emmas zügelloser Euphorie und hemmungsloser Leidenschaft, wollte er seiner Liebe endlich Ausdruck verleihen. Er wollte Laila spüren lassen, dass er sie liebte. Und wie konnte man Liebe besser ausdrücken als über einen Kuss? Nicht so einen flüchtigen Schmatzer auf die Wange, sondern über einen richtigen, ehrlichen Kuss. Kaum, dass er dies dachte, hatte Emma seine Hand bereits an Lailas Wange geführt. Die Berührung ihrer zarten Haut kribbelte, als wäre sie elektrisch. Vorsichtig beugte sich Ben über seine Schwester und drehte ihren Kopf mit der flachen Hand leicht zu ihm herum.

～

Laila wusste, es war nur eine Illusion, eine Erinnerung aus vergangenen Zeiten. Sie durfte sich nicht darin verlieren, sonst würde alles wieder schlimmer werden. Aber es fühlte sich so unbeschreiblich schön an. Fast als würde sie wieder in Bens Armen liegen. War es das? Würde sie hier die Liebe bekommen, die ihr dort draußen verwehrt blieb? Die Versuchung war zu groß, also sprach sie sich Mut zu.

Schau doch einfach, was passiert. Lass dich einfach darauf ein. Vielleicht passiert ja etwas Wunderbares.

Ganz langsam ließ Laila los, ergab sich der Illusion.

Schau doch mal hin, was passiert.

Wo kam dieser Gedanke her? Sie schaute doch hin. Sie fühlte, was gerade passierte.

Was passiert denn gerade?

Was passierte war... *BEN!*

Als würde sie aus einem Traum gesogen, blickte Laila plötzlich wieder nach außen. Und sie fand sich tatsächlich in Bens Armen mit seinen Lippen auf ihren gepresst. Sie fragte nicht wieso. Sie fragte nicht, was geschah. Sie fragte nicht. Sie ließ es einfach geschehen und erwiderte seinen Kuss. Für einen magischen Moment hatten beide keine Meta-Gedanken, sondern lebten einfach nur den Moment. Dann löste sich Ben von ihr. Er brauchte einen Augenblick um zu begreifen, dass Laila wach war.

„Sieh an, wer aus dem Dornröschenschlaf erwacht ist", schmunzelte er. daraufhin

„Was war denn das?", fragte Laila und drehte sich auf den Rücken. Ben schürzte die Lippen.

„Liebe", antwortete er.

„Aber ich dachte, du liebst mich nur wie eine Schwester?"

„Ja und zwar sehr. Ich wollte einfach, dass du weißt wie sehr", erklärte Ben. Sein Blick wirkte seltsam glasig. „Es tut mir leid, das kam einfach so über..."

„Küss mich noch einmal! Ich möchte genau erinnern, wie sich das anfühlt", unterbrach Laila ihn. „Dann kann ich es mit meinem anderen Ich immer wieder erleben."

„Mit deinem was?" Doch anstatt ihm zu antworten, packte Laila ihn einfach am Nacken und küsste ihn erneut. Dieses mal noch länger und intensiver. Sie hatte noch nie jemanden geküsst, den sie liebte. Dennoch war es genauso, wie sie es sich immer vorgestellt hatte. Ben zögerte kurz, den Kuss genauso leidenschaftlich zu erwidern. Aber die Droge brach seinen Widerstand im Nu. Noch nie hatte er sich mit einem Menschen so im Einklang gefühlt wie nun mit seiner kleinen Schwester. Als Laila schließlich ein letztes Mal an seiner Unterlippe sog, bevor sie wieder von ihm abließ, gingen ihm ihre vorigen Worte wieder durch den Kopf.

„Was meintest du gerade damit, *dein anderes Ich*?", fragte er. Laila ließ den Kopf zurück in die Kissen sinken und lies hörbar die Luft aus ihrer Lunge. Ihr Blick wanderte über die schiefe Decke, als könnte sie dort die passenden Worte ablesen.

„Ich weiß, das klingt komisch", sagte sie, „aber ich habe das zweite Kapitel in Elis Buch gelesen, die Sache mit den zwei Bewusstseinen. Und dann hatte ich diese seltsamen Erlebnisse. Es schien, als würde meine andere Gehirnhälfte die Kontrolle über meinen linken Arm übernehmen. Heute morgen unter der

Dusche war ich mir dann schon fast sicher, Kontakt zu meinem Ich hergestellt zu haben. Und als ich in die Sphäre eingetaucht bin, war ich plötzlich dort."

„Wo warst du?" Ben ging alles etwas zu schnell um zu verstehen.

„In meiner anderen Gehirnhälfte. Ich glaube, ich habe die Brücke überschritten. Und da war mein anderes ich. Es hat mir Gefühle und Erinnerungen aus unserer Vergangenheit gezeigt", erklärte Laila aufgeregt.

„Oh Mann, und ich dachte, ich sei auf Drogen", platzte Ben heraus ohne nachzudenken, weil es ihm immer noch Schwierigkeiten bereitete, Lailas Worte zu verarbeiten.

„Habt ihr gestern wieder Gras geraucht?", fragte Laila, deren Stimmung sofort gekippt war. Der Gedanke an letzte Nacht drängte auch den Verdacht wieder in ihr Bewusstsein, dass Ben mit einer anderen Frau geschlafen hatte.

„Nein", wehrte Ben ab. „Also doch, schon. Aber das meine ich nicht. Ich... ich habe vorhin MDMA genommen."

„Was ist MDMA?", fragte Laila knapp und fühlte sich plötzlich wieder vollkommen verloren.

„Ecstasy", antwortete Ben.

„Diese Partydroge?"

„Ja, aber im Augenblick ist mir nicht klar, wie man damit feiern gehen kann. Alles, was ich spüre, ist grenzenlose Liebe", erklärte Ben, doch Laila verstand ihn völlig falsch.

„Ach ja? Klingt, als hättet ihr gestern Jagderfolg gehabt",

mutmaßte sie argwöhnisch.

„Was denn für Jagderfolg? Wir waren bei Elis Kumpel Javier auf dem Dach und haben gekifft. Das ist alles", beteuerte Ben.

„Wovon zum Teufel redest du dann?", wollte Laila wissen.

„Na von dem MDMA", antwortete Ben. „Es fühlt sich unglaublich schön an. Das musst du unbedingt auch einmal erleben." Aber davon wollte Laila nichts wissen. Sie hatte ihren Ben für wesentlich verantwortungsvoller gehalten, als sich in seinem Urlaub eine Droge nach der anderen reinzupfeifen.

„Du meinst, du hast mich nur geküsst, weil du auf Drogen bist? Ben du bist widerlich!" Ihr harsches Urteil irritierte Ben. Wie um alles in der Welt konnte es denn widerlich sein, Liebe zu schenken? Das ergab doch überhaupt keinen Sinn. Dann klopfte es plötzlich an der Tür.

„Wer da?", fragte Laila in harschem Ton.

„Ich bins, Eli", tönte die Antwort dumpf durch die Tür.

„Darüber sprechen wir noch", flüsterte Laila an Ben gewandt. Dann rief sie laut: „Komm rein, wir sind wach." Die Tür ging auf und Eli trat herein. Irgendwie sah er sogar noch zerstörter aus, als normalerweise. Dennoch grinste er wie immer.

„Na, ihr beiden Hübschen. Was geht ab?", begrüßte er die Geschwister fröhlich."

„Ben geht ab", antwortete Laila in zynischem Ton. „Er hat sich Ecstacy geschmissen."

„Ach was, jetzt schon?", fragte Eli ohne ein Hauch von Besorgnis erkennen zu lassen. „Läuft bei dir, Alter. Und ist geil?"

„Ja Mann, es ist der der Hammer", bestätigte Ben. Eli beugte sich zu ihm herüber.

„Du hast ja auch Pupillen wie Tellerminen, wie mein Vater gesagt hätte" scherzte er dann. „Hier ich habe dir dein Zeug mitgebracht." Mit diesen Worten hielt er Ben die Jacke hin, die er in der Hand trug.

„Cool! Wirf sie einfach auf das Bett", gab Ben zurück, der gerade zu entspannt war, um sich darum zu kümmern. Schon segelte seine Jacke auf die Bettkante und blieb gerade so liegen.

„Danke dir. Wie bist du denn so schnell an unsere Sachen gekommen?", fragte Ben neugierig.

„Ich kenne den DJ von gestern Abend, der dort auch den Ton abmischt. Ich habe ihn mal eine Zeit lang bei einen Auftritten an den Congas begleitet. Er hat mir den Kram rausgegeben, als sie heute Morgen beim Abbauen waren", klärte Eli ihn auf. „Aber bevor wir uns hier festquatschen: Ich habe beim Reinkommen kurz mit Carmen gesprochen und sie möchte dir etwas Wichtiges sagen." Bei seinen letzten Worten erstarrte Laila. Was kam jetzt noch? Aber herein kam eine aufgeplusterte Carmen mit theatralisch drohender Miene. Kaum, dass sie im Zimmer war, fing sie auch schon an laut auf Spanisch zu schimpfen. Fragend schaute Ben zu Eli, der sich bereits einen feigste.

„Sie fragt, ob du es warst, der das Papier in die Toilette geworfen hat. Beim Saubermachen hat sie wohl noch etwas Papier in der Schüssel schwimmen sehen", übersetzte Eli Carmens Anliegen grob, ohne das Grinsen aus dem Gesicht zu nehmen.

„Was denn für Papier?", fragte Ben zurück.

„Na, das Klopapier, was denn sonst?" Ben fand keinen Grund, warum das auch nur eine Frage wert sein sollte, geschweige denn ein solches Donnerwetter.

„Ich habe schon Klopapier in die Schüssel geworfen, nachdem ich mir den Arsch abgewischt habe, ja. Wie man das halt so macht." Ben musste beim Sprechen genickt haben, denn Carmen verstand, dass er bestätigte und schimpfte sogleich wieder los.

"Sie fragt, was du glaubst, wofür der Mülleimer neben dem WC steht", übersetzte Eli wieder.

"Ich dachte, der sei für Damenbinden oder so", antwortete Ben, vor Überforderung fast am Lachen.

"Ja auch, aber in erster Linie kommt da das benutzte Klopapier rein, weil hier sonst die Leitungen verstopfen", klärte ihn Eli auf. Laila fing lauthals an zu lachen, allerdings mehr aus Überforderung, weil die Welt um sie herum mit jeder Minute absurder zu werden schien.

"Davon?! Aber durch dieses dünne Papier kann ich buchstäblich durchgucken! Da verstopft mein Bierschiss doch viel eher die Leitungen", verteidigte sich Ben noch immer verwirrt. Dann versuchte er Laila Einhalt zu gebieten:

„Wuschelkopf, hör auf zu lachen. Ich komme mir gerade vor, als wüsste ich nicht, wie man die drei Muscheln benutzt." Daraufhin kippte Laila vor lachen um und kringelte sich zwischen den Kissen. Da musste er auch schließlich ein bisschen über sich selbst lachen.

"Ist halt wie es ist", sagte Eli und zuckte mit den Achseln. „Mach's einfach wie wir alle und frag nicht weiter nach." Also entschuldigte sich Ben bei Carmen und versprach hoch und heilig kein Toilettenpapier mehr ins Klo zu werfen. Damit gab sich Carmen zufrieden und rauschte wieder von dannen.

„Was tust du schon wieder hier?", fragte Ben, als Carmen gegangen war. „Hast du überhaupt geschlafen?" Eli schien zu überlegen, dann nickte er.

„Bestimmt", sagte er. Dann griff er sich einen Stuhl und setzte sich hin. „Aber ich muss etwas Wichtiges mit dir besprechen." Ben hob verwundert die Augenbrauen.

„Das klingt für deine Verhältnisse so ernst", bemerkte er,

„Ja nun, ich weiß ja mittlerweile, dass du die Dinge gern mal etwas wörtlich nimmst", antwortete Eli.

„Was soll das denn heißen?", fragte Ben sogleich zurück. Aber Eli machte schon eine beschwichtigende Geste.

„Ich wollte eigentlich nur wissen, ob du unsere Pläne letzte Nacht ernst genommen hast oder ob das für dich nur eine verdruffte Träumerei war", erklärte er. Laila hörte ihnen gespannt zu, denn sie ahnte bereits Böses auf sich zukommen. Sie hielt Eli nach wie vor nicht für den besten Einfluss in ihrem Leben.

„Ich würde bei unseren gestrigen Überlegungen noch nicht von einem Plan reden. Aber ja, ich habe diese schon ernst genommen", antwortete Ben. „Wieso? Ihr nicht?"

„Doch klar", sagte Eli. „Ich liebe die Idee. Ich brenne so sehr dafür, dass ich gleich nachdem du weg warst mit Javier im

Internet nach Möglichkeiten gesucht habe, Und es gibt da ein kleines Problem: Das Ganze ist leider etwas teurer, als wir erwartet haben."

„Das habe ich befürchtet", seufzte Ben. „Wie viel kostet eine Tour nun wirklich?"

„Etwa 750 Soles pro Person; aber Javier hat da noch einen Freund, der in einem Touristenbüro arbeitet. Das wird am Ende bestimmt nicht so teuer", beteuerte Eli. Ben pfiff durch die Zähne. Für ihr enges Budget war das schon eine Menge Geld. Immerhin hatten sie sonst noch nichts vom Land gesehen. Zumindest konnten sie Peru nicht verlassen, ohne auf dem MACHU PICCHU gewesen zu sein. Niemand würde ihnen glauben, dass sie in Peru gewesen waren, wenn sie keine Fotos von dort mitbrachten. Schließlich war die versunkene Stadt das einzige was jeder von Peru kannte. Aber auch KUELAP, CARAL und CHAN CHAN hatten Bens Neugier geweckt, als er auf dem Hinflug flüchtig durch den Reiseführer geblättert hatte.

„Was kostet so viel Geld?", fragte Laila, die endlich wissen wollte, worum es überhaupt ging.

„Um eine Tour auf den Schicksalsberg", antwortete Ben. Er klang enttäuscht.

„Ihr wollt auf den Vulkan?", fragte Laila ungläubig weiter.

„Ja, wäre das nicht cool? Ich war noch nie auf einem Vulkan, schon gar nicht auf einem aktiven", warb Eli für das Projekt, schlug dabei aber die völlig falschen Töne an.

„Vielleicht kommt ihr mal wieder runter von den Drogen und

zurück auf den Boden der Tatsachen. Keiner von uns ist Stand jetzt in der Lage, einen Berg zu besteigen", feuerte Laila.

„Es ist nicht so verrückt, wie es sich anhört", versuchte Ben eine Erklärung einzuläuten. Aber Laila gab ihm nicht sofort den Raum dazu. In ihren Augen lief die Reise mehr und mehr aus dem Ruder und sie mochte es nicht, derart die Kontrolle darüber zu verlieren, was ihr widerfahren würde.

„Nicht so verrückt, wie es sich anhört? Schau mal raus! Da oben liegt noch immer Schnee, obwohl hier unten 27 Grad sind. Hast du auch nur einen warmen Pullover mit? Und ich dachte immer, du wärst meine Stimme der Vernunft."

„Dann lass deine Stimme der Vernunft dir sagen, dass wir hier sind, um etwas zu erleben. Und so eine Chance bietet sich so schnell nicht wieder. Das wird ein richtiges Abenteuer, Wuschelkopf", erklärte sich Ben. Und da Laila gerade nicht die Kraft dafür hatte, gab sie die Diskussion vorerst auf.

~

Eli war zum Glück nicht lange geblieben. Er wolle sich auch endlich mal hinlegen. Ben und Laila begrüßten dies insgeheim, denn sie hatten das dringende Bedürfnis, ihre Erlebnisse der vergangenen Nacht in Ruhe zu verarbeiten. So lagen sie bei warmem Sonnenschein auf der Dachterrasse in den Hängematten. Das Hostel wirkte wie ausgestorben, weil alle anderen Gäste auf den Beinen waren oder in einem Bus zu irgendeiner Sehenswürdigkeit saßen. Eine Weile lagen die Geschwister einfach nur da und schauten über die Dächer. Laila kaute nachdenklich auf ihrer Unterlippe und schien sich mit ihren Gedanken außerhalb der Galaxis zu befinden. Ben vermochte nicht zu sagen, was ihr durch den Kopf ging. Halb fürchtete er, dass sie ärgerlich auf ihn war. Doch wenngleich sein Rausch mittlerweile verflogen war, fühlte er sich noch immer zu prächtig, um sich darüber Sorgen zu machen.

„Ich versuche immerzu Kontakt mit meinem anderen Ich herzustellen", öffnete Laila sich schließlich. „Es lässt mir einfach keine Ruhe. Wenn es sie wirklich gibt, muss ich es wissen."

„Was lässt dich denn glauben, dass es dein anderes Ich war?", stellte Ben die offensichtliche Gegenfrage.

„Ich kann es dir leider nicht komplett rekonstruieren", gestand Laila. „Es waren viele kleine Dinge, die zusammengeführt haben. Aber es fühlte sich so wirklich an."

„Wie genau fühlte es sich an?", fragte Ben und musste sich dabei gar nicht um einen aufrichtig interessierten Ton bemühen. Er wollte wirklich wissen, was in seiner Schwester vorging.

„Es war wundervoll. Ich hatte erst Angst gehabt, dass mich mein anderes Ich hassen würde, weil ich ihm schon mein ganzes Leben lang meinen Willen aufzwinge. Aber ich habe von ihr nichts als Liebe gespürt. Es war viel mehr, als würde sie sich unendlich freuen, dass wir endlich zueinander gefunden haben", berichtete Laila und verlor dabei den Zweifel aus ihrer Stimme.

„Das hört sich doch nach einer sehr schönen Erfahrung an", lächelte Ben.

„Das war es auch. Aber jetzt weiß ich nicht, wie ich mit der

Sache umgehen soll. Ich bin mir ja selbst nicht einmal sicher, dass ich wirklich erlebt habe, was ich erlebt habe", klagte Laila.

„Musst du denn sofort etwas daraus machen?", fragte Ben darauf hin. „Du kannst doch einfach abwarten, bis du dir sicher bist."

„Aber wenn die andere Laila wirklich existiert, kann ich sie doch nicht weiter in mir verkümmern lassen." Bei diesen Worten hob sich Lailas Stimme, als hätte Ben ihr anderes Ich angefeindet. Er schürzte die Lippen.

„Nehmen wir mal an, die andere Laila existiert", sagte er. „Was würdest du dann an deinem Leben ändern?"

„Ich würde alles dafür tun, ihr Leben angenehmer zu machen. Ich würde versuchen öfter auf das zu hören, was sie will. Außerdem würde ich ihr mehr aufregende Erfahrungen bieten, wo sie schon handlungsunfähig in mir gefangen ist", zählte Laila ihre Ideen auf. Ben musste schmunzeln, weil ihm die Lösung plötzlich auf der Hand zu liegen schien.

„Du willst also mehr erleben und mehr auf dein Bauchgefühl hören, richtig?", fragte er um sich zu vergewissern, dass er auf der richtigen Spur war. Laila nickte.

„Nach Möglichkeit will ich sogar lernen meinem anderen ich die Entscheidung zu überlassen", sagte sie entschlossen.

„Warum machst du es dann nicht einfach?", fragte Ben mit verschmitztem Lächeln. „Das schlimmste, was dir passieren kann, ist doch, dass es die andere Laila in Wahrheit gar nicht gibt und du am Ende alles nur für dich selbst tust." Er machte eine kurze Pause. „Das hört sich für mich nach einem Übel an, dass du im Zweifel getrost in Kauf nehmen könntest, oder nicht?" Laila sah ihn einen Moment sprachlos an.

„Witzig, so habe ich das noch nicht gesehen", gab sie zu.

SEE ME CHANGE

LEKTION 4

§1 Finger weg von rohem Obst und Gemüse - besonders in Lokalen! Glaube mir, ihr spart eine Menge Klopapier, wenn ihr nur gut durchgegahrte Kost zu euch nehmt. Aber macht euch nicht zu viele Hoffnungen. Es kommt kaum jemand drumherum, in Peru mindestens einmal die Scheißerei zu kriegen. (Da könnte ich euch ein paar Geschichten zu erzählen...)

§2 Aus diesem Grund gehört auch ein Durchfallmittel in jede Reiseapotheke.

1

Ben hatte das Gefühl gerade erst eingeschlafen zu sein, als sein Handy klingelte. Natürlich war es Eli, wie ein verschwommener Blick gen Nachttisch bestätigte.

„Leck mich am Arsch. Schläft der Typ eigentlich nie?", stöhnte Ben, der noch eine Weile mit seinem MDMA-Trip beschäftigt gewesen war, bevor er überhaupt an Schlaf hatte denken können. Aber nun war er ja wieder wach, also stützte er sich auf und nahm den Anruf entgegen.

„Ja?", meldete er sich so knapp wie eben möglich.

„Jo, was geht?", tönte Elis Stimme in Bens Ohr.

„Nicht viel, ich habe geschlafen", antwortete dieser.

„Achso, ja. Schlafen wäre vielleicht auch mal eine Idee. Aber was ich sagen wollte: Nehmt euch heute Abend mal nichts vor. Wir treffen uns mit Javiers Kontakt beim Reisebüro. Es geht los, Alter! Das habe ich im Urin."

„Okay." Ben rieb sich das Auge. „Wann und wo treffen wir uns?"

„Ich hole euch gegen 18 Uhr ab", antwortete Eli. „Aber dann schlaft euch erst einmal aus. Wir sehen uns nachher. Haut rein!" Mit diesen Worten legte er wieder auf. Seufzend legte Ben das Handy zurück auf den Nachttisch.

„Na, wirst du die Geister nicht mehr los, die du gerufen hast?", fragte Laila, ohne sich zu ihm umzudrehen. Ben witterte die Gefahr, war aber zu fertig um sofort darauf reagieren zu können. Schweigend legte er sich wieder hin.

„Hör zu", begann er schließlich. „Ich weiß, dass es gerade etwas viel auf einmal war. Und es tut mir Leid, dass nichts von alldem vorher mit dir abgesprochen war. Wir haben dich vermutlich ziemlich überfahren. Aber alles in allem haben wir einfach nur unseren Spaß und würden uns wünschen, dass du zumindest ein bisschen daran teilhaben könntest." Nun drehte Laila sich halb zu ihm um. Der typische Lailablick traf ihn wie eine Faust.

„Dass du deinen Spaß hattest, war nicht zu übersehen, so wie du heute Vormittag durchs Zimmer getanzt bist", sagte sie kalt. Ben musste sich aus diplomatischen Gründen ein Grinsen verkneifen, denn im Nachhinein erkannte er sich selbst kaum wieder. Nachdem Eli gegangen war, hatte er unter der Dusche Musik gehört und hatte unweigerlich anfangen müssen zu tanzen. So wie er noch nie zuvor getanzt hatte. Nicht zaghaft und verhalten, sondern in extravaganten Figuren. Er hatte Tanzbewegungen vollzogen, die er zuvor nicht einmal gekannt hatte. Es war, als hätte die Musik Besitz von ihm ergriffen und hätte seinen Körper von innen gelenkt wie eine Marionette.

„Ja, das muss ziemlich albern ausgesehen haben", versuchte Ben seine Belustigung über sich selbst zu überspielen. „Aber nur weil man mal die Zügel fahren lässt und die Dinge etwas ungeplanter verlaufen, bedeutet das doch noch nicht gleich, dass man die Kontrolle über sein Leben verloren hat." Nun war es Laila, die seufzte. Ihres war jedoch kein genervtes Seufzen, sondern ein schwermütiges.

„Weißt du, bevor wir hierher geflogen sind, habe ich mir über diese Reise an sich keine Sorgen gemacht. Ich dachte, solange mein großer Bruder bei mir ist, könne mir nichts passieren. Er würde auf mich aufpassen, wie er es immer getan hat. Aber diese Illusion hast du gleich in den ersten Tagen mit aller Kraft eingerissen. Mag ja sein, dass das für dich alles nur Spaß ist. Aber ich bin nicht wie du. Ich kann das so nicht", erklärte sie. Ben starrte an die Decke und zog die Lippen ein.

„Willst du, dass wir die Sache ablasen?", fragte er. „Kein Problem, es gibt hier schließlich genug zu sehen und zu unternehmen. Dann machen wir halt was anderes," Dieses Mal war es Laila, die nicht sofort antwortete. Stattdessen drehte sie sich wieder von ihm weg.

„Ich weiß nicht, was ich will, Ben. Ich habe einfach nur Angst", schniefte sie. Ben stützte sich wieder auf.

„Warum fühlst du dich nur immer so allein? Ich bin doch für dich da. Daran hat sich nichts geändert", versuchte er seine kleine Schwester zu beruhigen. „Und nicht nur ich; Bernard und Carol sorgen sich mindestens genauso um dich. Du kämpfst nicht allein gegen die Welt." Laila antwortete nicht. Ihr schlug mit einem Mal das Herz in die Kehle, als hätten Bens Worte in ihr einen Alarmknopf gedrückt. Obwohl es ihr bis jetzt selbst nie bewusst gewesen war, wusste sie, plötzlich dass Ben Recht hatte. Sie fühlte sich immerzu auf sich allein gestellt, obwohl das offensichtlich nicht der Fall war. Ihr Vater würde sterben für sie, daran bestand überhaupt kein Zweifel. Selbst Carol hatte es im Grunde ihres Herzens immer gut gemeint. Und Ben lag sogar in jenem Augenblick direkt neben ihr. Trotz allem hatte es sich für sie nie so angefühlt. Warum? Was war nur so falsch mit ihr? Ehe sie sich versah, flossen Laila die Tränen aus den Augen und ließen ihre Gedanken verschwimmen. Wortlos nahm Ben sie in den Arm, zog sie fest an sich, und nach einer Weile schliefen sie erschöpft ein.

~

„Guck mal, Mami! Ich habe ein neues Kleid für Jasmine gemacht", rief Laila und hielt stolz ihre Puppe in die Höhe. Aber ihre Mutter schaute überhaupt nicht richtig hin. Hektisch lief sie umher und suchte lauter Kleidungsstücke zusammen, um sie auf das Bett zu werfen oder direkt in einem ihrer Koffer zu verstauen.

„Ganz toll, Schatz. Würdest du jetzt bitte Jasmines Sachen packen? Mami kommt dann gleich rüber und hilft dir mit deinen eigenen Koffer", sagte Lailas Mutter nur ohne ihr aufgeregtes Tun zu unterbrechen.

„Aber wo fahren wir denn hin?", wollte Laila wissen.

„Das habe ich dir doch schon erklärt. Wir fahren zu Albert. Albert kennst du doch noch, oder?", antwortete Megan.

„Kommt Papi dann nach, wenn er von der Geschäftsreise zurück ist?", fragte Laila weiter. Endlich unterbrach Megan ihr Treiben und hockte sich zu ihr herunter.

„Nein Schatz, Papi muss leider hier bleiben", sagte sie.

„Aber warum kann Papi denn nicht mitkommen?" Laila war mit ihren Eltern schon öfter im Urlaub gewesen oder hatte Freunde und Verwandte besucht, und Bernard war immer mit dabei gewesen. Sie verstand nicht, warum ihr Vater dieses Mal nicht mitkommen konnte.

„Weil wir beide nicht in den Urlaub fahren. Wir werden von nun an bei Albert wohnen. Aber Papi kann nicht mit bei Albert wohnen, verstehst du das?", erklärte Megan. Laila schüttelte schmollend den Kopf.

„Ich weiß, dass es schwierig für dich ist. Aber du kannst Papi jeder Zeit hier besuchen kommen, okay?", fuhr Megan fort. „Und wenn du nicht bei Papi bist, kannst du dich auch immer an Albert wenden. Du wirst sehen: Albert ist wirklich nett und er hat ein großes Haus mit einem eigenen Swimmingpool im Garten."

„Nein", sagte Laila entschieden. „Ohne Papi gehe ich hier nicht weg!" Seufzend richtete sich ihre Mutter wieder auf.

„Schätzchen, wir haben jetzt leider keine Zeit mehr darüber zu diskutieren. Albert wird gleich hier sein, damit wir losfahren können. Pack bitte deine Sachen", sagte sie, bevor sie sich wieder selbst über den Kleiderschrank hermachte. Einen Moment schaute Laila ihr reglos zu. Dann machte sie auf dem Absatz kehrt und rannte in ihr Kinderzimmer. Dort angekommen schlug sie die Tür zu, drückte den Riegel in den Knauf und ließ sich auf den Boden sinken.

„Wir gehen hier nicht weg", flüsterte sie Jasmine zu und drückte sie fest an sich. So verharrte sie, bis ihre Mutter schließlich an ihre Tür klopfte.

„Laila, wie weit bist du?", drang Megans Stimme dumpf ins Zimmer. Dann drehte sich der Knauf und es wurde an der Tür gerüttelt. Erst leicht, dann heftig.

„Laila? Mach bitte die Tür auf. Wir müssen schnell deine Sachen packen", rief Megan. Doch Laila presste sich schnell die Hände auf die Ohren.

„Laila, mach die Tür auf!" Megans Stimme klang nun aufgebracht. Dann ertönte die Türklingel. Laila hörte wie sich Megans Schritte schnell entfernten. Einen Moment war nichts zu hören – bis auf Lailas Herz, das wie wild pochte.

„Komm schon, Schätzchen. Wir haben dafür jetzt keine Zeit. Wir müssen los!", meldete sich Megan in hastigem Ton zurück. Es wurde heftig an ihrer Tür gerüttelt. Aber Laila blieb weiter sitzen und hielt sich mit zugekniffenen Augen die Ohren zu.

„Scheiße!" Dieses Wort hatte Laila ihre Mutter schon ein paar Mal sagen hören, aber nur, wenn Megan glaubte, das Laila gerade nicht zuhörte.

„Mach dir keine Sorgen, Liebling", sprach plötzlich eine Männerstimme. „Wir können sie doch auch später nachholen. Meine Anwälte regeln das schon."

„Aber ich kann sie doch nicht einfach hier alleine lassen", sagte Megan unsicher.

„Warum nicht? Sie ist hier in Sicherheit bis Bernhard wieder- kommt. Das dauert doch auch nur noch ein paar Stunden", meldete sich wieder die Männerstimme.

„Meinst du wirklich?"

„Aber natürlich. Wir kriegen das schon hin. Aber wir müssen jetzt wirklich los, wenn wir den Flug erwischen wollen."

„Also gut. Schätzchen? Mami muss jetzt gehen. Aber ich komme wieder, um dich zu holen, hörst du? Mami hat dich lieb. Pass auf dich auf, Schatz." Wieder entfernten sich Schritte. Aber dieses Mal kamen sie nicht zurück. Lange Zeit blieb es so still im Haus, dass Laila das Fiepen in ihren Ohren hören konnte. Bis sie es nicht mehr aushielt. Vorsichtig öffnete Laila die Tür und trat in den Flur. Das Haus lag vollkommen verlassen da. Überall waren die Lichter ausgeschaltet.

„Mami?", rief Laila, während sie aufgeregt von Raum zu Raum lief. „Mami, wo bist du? Mama, komm raus, ich habe Angst. Mama?" Niemand antworte. Laila rannte zur Haustür um draußen nachzusehen, aber die Tür war abgeschlossen. Laila schrie und weinte.

„Mama, es tut mir Leid. Bitte komm zurück!"

~

Der Alarmton von Bens Smartphone befreite Laila aus ihrem Alptraum. Keuchend fuhr sie auf und hielt sich die Brust. Sie hatte lange nicht mehr von ihrer Mutter geträumt. Allerdings war ihr das auch mehr als recht gewesen. Auch jetzt nach dem Traum hallte der Schock nach, den sie als Kind empfunden hatte, als ihre Mutter sie allein zurückließ. Damals hatte sie eine solche Angst. Und nun, da ihr Herz wieder raste wie wild, konnte sie kaum fassen, wie sehr sie diese Angst verdrängt hatte.

„Entschuldige, war der Weckton etwas zu aggressiv für dich?", fragte Ben verschlafen. Laila schluckte.

„Nein", antwortete sie. „Ich habe nur schlecht geträumt."

„Ach herrje. Möchtest du mir davon erzählen?", fragte Ben und Laila wusste, dass er ehrlich fragte.

„Ich glaube, ich möchte ihn erst einmal wieder abklingen lassen", lehnte Laila ab, ohne sich zu ihm umzudrehen.

„Wie du meinst. Du weißt, ich habe jeder Zeit ein offenes Ohr für dich", erwiderte Ben, um sie nicht weiter zu bedrängen.

„Ja, das weiß ich. Danke dir", sagte Laila und starrte weiter auf die Bettdecke, während Ben sich noch etwas umher wälzte. Nach einer Weile drehte Laila sich mit entschlossenem Blick zu ihm.

„Ich will mit euch auf den Vulkan steigen", sagte sie. Ben hob die Augenbrauen.

„Oh, woher dieser Sinneswandel?", fragte er halb ins Kopfkissen.

„Weil ich davor Angst habe. Und ich will meine Angst besiegen", antwortete Laila, wobei ihre vom Schlaf zerzausten Haare ihre kämpferische Haltung zu untermalen schienen.

„Top!", sagte Ben und streckte sich, bevor er sich ebenfalls endlich aufsetzte. „Dann lass uns mal schnell anziehen und uns das Angebot anhören, das die Jungs aufgetrieben haben."

Wie sich herausstellte, war Javiers Kontakt beim Reisebüro tatsächlich etwas wert gewesen. Sie könnten eine Tour für 200 Soles pro Kopf bekommen hieß es. Also machten sich die vier dorthin auf, um das Angebot zu besprechen. Dort angekommen stellten die beiden Geschwister fest, dass es eines der vielen Reisebüros direkt im Zentrum war, an dem sie schon häufiger vorüber gegangen waren. Es musste sich wohl um einen echten Freundschaftspreis handeln.

Javiers Bekannter war allein im Büro, aber aus Bens Sicht war er noch blutjung. Es schien ausgeschlossen, dass er in diesem Geschäft befugt war, Preisnachlässe von über 500 Soles zu geben. Eli erklärte ihm, dass Javiers Kumpel lediglich den Kontakt zu einem anderen Unternehmen herstellen würde, das günstigere Touren anbiete. Am nächsten Abend um 19 Uhr sollten sie für ein Planungsmeeting wiederkommen, bei dem sie alles Wichtige erfahren würden. Gezahlt würde aber schon jetzt im voraus, da von einem Teil des Geldes auch die Vorräte für den Aufstieg gekauft würden. Ben sah Javier und Eli verwundert an.

„Jungs, wie lange sind wir denn unterwegs, dass die gleich einen Großeinkauf für uns machen für den im voraus gezahlt werden muss?" Er bekam immer nur das Nötigste mit, das Eli ihm hin und wieder übersetzte.

„Zwei Tage", antwortete Eli. „Wir werden auf halber Höhe übernachten und dort unsere Sachen lassen."

„Zwei Tage?", rief Ben aus. „Ihr habt mir nicht gesagt, dass das so ein Mörderaufstieg ist. Ich dachte, wir würden da an einem Tag gemütlich hinauf wandern und nicht auf eine Expedition gehen. Kein Wunder, dass die anderen Touren so teuer sind." Ben konnte es nicht fassen.

„Na klar, was hast du denn gedacht? Der Vulkan ist 5.800 Meter hoch", erwiderte Eli verständnislos.

„Eli, wir sind alle unerfahren und vollkommen untrainiert. Laila und ich sind die Höhenluft noch gar nicht richtig gewohnt und wir haben die ganzen letzten Tage nur gesoffen und geraucht", zählte Ben seine Bedenken auf.

„Ach, das wird schon", beteuerte Eli auf seine gewohnt entspannte Art.

Na, das kann ja heiter werden, dachte Ben und warf einen prüfenden Blick zu seiner Schwester. Laila gab ihm ihren typischen Blick zurück, der mit einer leicht gehobenen Augenbraue jedem dezent aber unmissverständlich klar machte, dass sie einen für bescheuert hielt. Und mittlerweile fürchtete Ben, dass sie damit nicht Unrecht hatte. Aber das sagte er nicht.

„Wann würde die Tour denn stattfinden?", fragte er stattdessen in die Runde, richtete sich dabei aber eigentlich an Eli.

„Stattfinden wird", korrigierte ihn Eli, bevor er die Frage übersetzte. „Er weiß es noch nicht genau. Aktuell liegt wohl noch zu viel Schnee wegen des Regens letzte Woche. Vermutlich in ein paar Tagen schon." Damit war vorerst alles geklärt.

„Hältst du das immer noch für eine gute Idee?", fragte Laila, als sie auf dem Weg zurück zum Hostel waren.

„Aber sicher ist das eine gute Idee", schaltete Eli sich dazwischen, bevor Ben überhaupt gewusst hatte, was er hätte sagen wollen. „Das wird hammergeil! Wir hören uns morgen an, wie das ganze läuft und denn geht das los. Aber das ist morgen. Was machen wir jetzt? Was haltet ihr von einer Runde Beer-Pong?" Begeistert über seinen eigenen Vorschlag rieb Eli sich die Hände. Manchmal erinnerte Laila Elis Erscheinung mit dem schelmischen Blick und der verbeulten Kippe im Mund an einen Rasta-Kobold, der sich einen Spaß daraus machte, überall Chaos zu stiften und die Menschen um sich herum zu unüberlegten Dummheiten zu verleiten.

„Du willst schon wieder saufen? So kurz vor dem Aufstieg?", fragte Ben ungläubig.

„Na klar, ist doch noch voll viel Zeit bis dahin. Was meinst du dazu, Wuschelkopf? Wollen wir ein paar Bälle versenken?" Bei diesen Worten versuchte Eli kameradschaftlich den Arm um Laila zu legen, doch sie entzog sich ihm mühelos. Wie kam Eli auf die Idee, sie Wuschelkopf nennen zu dürfen? Das war allein Bens Privileg, und auch nur weil sie ihn liebte.

„Ich trinke nicht", sagte sie aber nur.

„Ne, ist klar, brauchst du auch gar nicht", versuchte Eli es weiter. „Du bist einfach in meinem Team und ich trinke deine Becher für dich mit. Ben spielt mit Javier gegen uns. Oder Javier, du bist doch auch dabei?" Eli machte mit der Zigarette zwischen den Fingern eine Geste in Richtung seines Freundes.

„Cómo?", fragte Javier nur, der die ganze Unterhaltung natürlich nicht hatte verfolgen können.

„Siehst du, Javier ist auch am Start", entschied Eli für ihn. „Also Beer-Pong oder was?"

Damit war die Sache beschlossen. Zurück im Hostel versammelten sie sich die drei anderen an der Tischtennisplatte im Innenhof, während Eli Becher, Ball und Bier organisierte.

„Hat Eli wirklich gerade Bier gekauft?", raunte Laila zu Ben, als Eli grinsend wie ein Honigkuchenpferd aus der Bar heraustrat. „Die Sache muss ihm tatsächlich wichtig sein." Ben grunzte. Während die anderen die Becher aufstellten, die Eli anschließend nach seinem Maß mit Bier befüllte, erklärte er noch einmal die Ablauf. Nicht dass es während des Spiels plötzlich zu Uneinigkeit auf Grund abweichender Regeln käme. Dann ging es los. Wie versprochen nahm Eli Laila in sein Team, um ihre

Becher mit zu leeren. Aber wie sich schnell zeigte, sollten das aus dem Spiel heraus nicht allzu viele werden. Eli spielte offensichtlich öfter Beer-Pong, denn er traf häufiger als er es nicht tat. Auch Laila bewies – nüchtern wie sie war – ein geschicktes Händchen, sodass Ben und Javier schon bald etwas angetrunken waren. Ben verlor aber gern, denn so lebhaft wie jetzt, da sie ihn im Wettstreit in die Pfanne hauen konnte, sah er seine Schwester nur selten.

„Sagt mal, findet ihr das eigentlich nicht eklig, wenn der dreckige Ball immer wieder in euer Bier fällt?", fragte Laila, nachdem sie schon eine Weile gespielt hatten.

„Ach was, hier ist es doch gar nicht schmutzig", meinte Eli. Er hatte bereits den zweiten Becher in der Hand, den er eigentlich noch gar nicht hätte trinken müssen. Aber seinen Gegenspielern gelang es nur etwa halb so häufig einen Treffer zu landen wie ihm und Laila. Ben, der gerade einen Becher leeren musste, weil Eli einen Direkttreffer gelandet hatte, warf einen prüfenden Blick hinein und schürzte sogleich die Lippen.

„Naja, da schwimmt jetzt schon eine Menge Scheiß drin", bemerkte er und musste ein Würgen unterdrücken. Eli zuckte nur mit den Achseln.

„Wenn ihr meint, dann können wir auch zwei der leeren Becher mit Wasser füllen und den Ball vor jedem Wurf abspülen", sagte er. Dann guckte er kurz in die Luft und fuhr fort: „Wenn ich es mir recht überlege, macht man das, glaube ich, eh immer so." Als er das sagte, vergrub Laila stöhnend das Gesicht in den Händen, während Ben in ungläubiges Gelächter verfiel.

Als Eli genug getrunken hatte, musste er aufstoßen, was Laila und Ben sogleich in ein weiteres Spiel einführte, das, wie sich schnell zeigen sollte, in praktisch jeder Lebenslage gespielt werden konnte. Denn noch bevor Elis Rülpsen verhallt war, rief er *pajero!* und zog sich schnell an der Wange, sodass es dreimal laut schmatzte. Javier machte es ihm nach, noch während Eli im Gange war. Ben und Laila schauten die beiden fragend an.

„Achso, das ist so ein Brauch zwischen uns. Wenn einer rülpst, muss der andere sofort *pajero* rufen, was *Wichser* heißt, und mit der Wange Wichsgeräusche machen. Wer es vergisst oder zu lange braucht, dem darf einer der anderen auf die Stirn klatschen", erklärte Eli das seltsame Gebaren. Aber Ben hatte auf die Schnelle nicht begriffen, was Eli von ihm wollte. So fing er sich kurz darauf von Javier eine Schelle ein, als Eli zu Demonstrationszwecken einen Einsatz provozierte. Eli wollte auch Laila einen Klaps auf die Stirn verpassen, erstarrte jedoch angesichts des tödlichen Blicks, der ihn empfing.

„Wehe!", sagte sie ernst und Eli ließ es bleiben.

2

Am Tag darauf war Ben plötzlich sehr niedergeschlagen. Eli meinte, das seien die Nachwirkungen des MDMA und würde nach ein paar Tagen wieder vorbei sein. In der Zwischenzeit solle Ben viele Bananen und Cashewkerne essen, damit der Körper genug Serotonin nachproduzieren könne. Besonders in Cashewkernen seien viele Baustoffe für Serotonin enthalten. Letzteres mochte tatsächlich ein guter Ratschlag sein, aber erst einmal ging es Ben wirklich schlecht. Stumm saß er auf der Bank im Innenhof ihres Hostels und sah zu, wie Eli einen ahnungslosen Backpacker beim Beer-Pong in Grund und Boden spielte. Da Ben an jenem Nachmittag ums Verrecken nicht zum Spielen zu bewegen war, hatte Eli sich kurzerhand einen neuen Gegner gesucht. Es ging ihm sichtlich prächtig. Ben hingegen konnte sich an diesem Tag nicht einmal daran erinnern, wie sich prächtig genau anfühlte. Er rührte sich nicht, als Laila sich leise neben ihn setzte und die Beine anzog.

„Ich hoffe nur, der arme Kerl hat heute nichts Wichtiges mehr vor", scherzte sie, ohne darauf irgendeine Reaktion von ihrem Bruder zu bekommen.

„Das Zeug nimmt dich ganz schön mit, was?", fragte sie nach einer Weile. Aber auch darauf reagierte Ben nicht. Also gab Laila ihrem Bruder etwas Zeit, bevor sie einen zweiten Anlauf nahm.

„Hey, ich dachte, schweigend in die Gegend zu starren wäre mein Aufgabenbereich", schmunzelte sie schließlich. Ben schnaufte so leicht, dass es kaum zu hören war.

„Ich weiß gar nicht, ob ich es in Worte fassen kann", sagte er und schien seine Stimme endlich wiedergefunden zu haben. „Ich fühle mich so leer, als ob ich meine Seele verloren hätte. Jetzt versuche ich die ganze Zeit herauszufinden, wonach mir ist. Horche in mich, aber da ist einfach nichts. Deswegen ist mir auch nach nichts. Gleichzeitig fühle ich mich so unfassbar schwer. Jede Bewegung kostet mich absurd viel Kraft. Aber woher soll die Kraft auch kommen, wenn ich leer bin? Dann wiederum denke ich, *wozu mich bewegen? Es ist doch alles bedeutungslos, was wir tun.*" Lächelnd schaute Laila ihn von der Seite an.

„Willkommen in meiner Welt! Du wolltest dich doch immer wissen, wie es in mir aussieht" sagte sie. „Genauso, wie du es beschreibst, fühle ich mich praktisch jeden Tag." Ben nickte träge, ohne seine Schwester anzusehen.

„Wie hältst du das nur aus?", fragte Ben, merkte aber sogleich, wie dumm diese Frage war. Schnell stellte er eine andere: „Aber in der Sphäre fühlst du dich besser?"

„Normalerweise fühle ich mich in der Sphäre eigentlich gar nicht, aber das habe ich immer als besser empfunden", bestätigte Laila.

„Zumindest das kann ich jetzt nachvollziehen", meinte Ben. Laila zog zischend die Luft ein.

„Bevor ich den Trick mit der Sphäre raus hatte, hat mir manchmal eine besondere Form der Meditation geholfen", sagte sie. „Dabei geht es darum, dich leichter zu machen, indem du deinen Ballast loswirst." Laila setzte sich nun seitlich hin, um Ben direkt ansehen zu können. Die Begeisterung, die gerade in Laila aufflackerte, ließ ihn ihr zuhören, obwohl er mit Meditation noch nie viel anfangen konnte.

„Stell dir vor, du schwebst mitten im Weltraum", fuhr Laila fort. „Aber denke nicht darüber nach, was das in der Realität bedeuten würde. Du kannst atmen, frierst nicht und brauchst gerade auch sonst nichts. Dann konzentrierst du dich auf deine Sorgen. Versuche sie in deiner Brust zu sammeln. Und wenn du alles zusammengestaucht hast, schießt du es aus dir heraus in den Weltraum hinaus. Lass den Ball aus Sorgen einfach in der Unendlichkeit verschwinden. Er darf nirgendwo gegen stoßen oder gar aufprallen. Schaue ihm einfach immer weiter nach und verharre darin. Denke an nichts anderes."

„Und dann geht es mir besser?", fragte Ben skeptisch. Laila wiegte den Kopf hin und her.

„Es löst deine Probleme nicht", antwortete sie ehrlich. „Aber zumindest hast du für den Moment etwas Luft zum Atmen." In diesem Moment gewann Eli sein Beer-Pong-Match. Der Ball kreiste um den Rand, bis er das Moment verlor und in den Becher fiel. Jubelnd riss Eli die Arme in die Luft, während sein Gegner den ekligen Ball so schnell wie er konnte wieder aus dem Becher zu fischen versuchte. Mehr aus Reflex schaute Laila zu Eli hinüber. Dabei bemerkte sie eine lange Narbe an seinem Unterarm, die ihr dank seiner Bräune nie zuvor aufgefallen war. Die beiden Spieler stießen gemeinsam auf das gute Match an und der Backpacker trank tapfer sein letztes Bier aus. Dann verabschiedete er sich aber sogleich, bevor Eli womöglich noch auf die Idee kam, ihm aus Fairness eine Revanche anzubieten.

„Möchte noch jemand ein Bier? Ich habe hier noch so ein paar rumstehen. Die Keule war zu schwach, alle meine Biere auch noch zu trinken, wie es sich als ordentlicher Verlierer gehört", grinste er und kam mit seinem Becher zu ihnen auf die Bank. Da es offensichtlich eine rhetorische Frage gewesen war, würdigten sie weder Ben noch Laila mit einer Antwort. Aber das belastete Eli nicht. Er wusste, dass das Bier schon wegkommen würde. Das war schließlich der Sinn des Spiels gewesen.

„Darf ich fragen, woher du diese Narbe hast, Eli?", fragte Laila und zeigte auf den Arm mit dem er sein Bier hielt. „Die sieht ganz schön übel aus."

„Ach die", antwortete Eli und versuchte sich seine Narbe anzusehen ohne den Becher aus der Hand zu nehmen. „Die habe ich mir vor vielen Jahren zugezogen, als ich eine Fensterscheibe eingeschlagen habe, um hinauszuspringen. Das ist auch nicht die einzige. Hier an der Brust habe ich auch noch eine." Er deutete auf die Stelle. „Das war passiert, als ich Susie hinausgehoben habe. Leider steckte da noch eine Scherbe aufrecht im Rahmen und ich habe mich da so halb drauf gelehnt." Laila schaute ihn mit halb offenem Mund an.

„Warum musstet ihr durch das Fenster raus?", fragte sie.

„Weil das Haus brannte. Ich habe damals für eine Zeit in Kanada in einer WG gewohnt. Ich weiß überhaupt nicht, ob je geklärt wurde, warum das Feuer dort ausgebrochen war. Jedenfalls hatte es sich sehr langsam ausgebreitet und mit der Zeit eine Menge Rauch gebildet. Und weil unser Zimmer ganz außen lag, haben wir davon lange Zeit gar nichts bemerkt, sondern einfach seelenruhig weitergeschlafen."

„Gab es in dem Haus denn keine Rauchmelder?", fragte Laila. Darauf schnaubte Eli.

„Das war bei weitem nicht das einzige, was uns in dem Haus fehlte. Das Problem war, dass Susie, die von uns am dichtesten an der Tür geschlafen hatte, von dem ganzen Rauch bereits bewusstlos geworden war, als wir endlich aufgewacht sind", fuhr Eli fort und Laila schlug die Hände vor den Mund.

„Oh mein Gott!"

„Ja, war ein Erlebnis. Dumm nur, dass der andere Kerl... Wie hieß er denn noch?" Eli schaute einen Augenblick ins nichts. „Ich komm nicht drauf. Ist aber auch egal. Also wir haben zu dritt in diesem Zimmer geschlafen und die andere Keule war als erstes aufgewacht. Er hat versucht uns zu wecken, erst Susie und dann mich. Als er sah, dass ich wach wurde, ist er dann sofort losgelaufen ohne auf uns zu warten. Dann war ich dort mit ihr allein. Ich wusste nicht einmal, ob sie noch lebte. Aber ich konnte sie unmöglich allein durch das brennende Haus tragen. Eine Frau ist schwer, auch wenn man ihr das nur sagen kann, wenn sie bewusstlos ist."

„Deswegen das Fenster", dachte Laila laut.

„Ich hätte es natürlich gern auf gemacht, aber ausgerechnet in unserem Zimmer war der alte Fensterrahmen undicht gewesen. Deswegen hatten wir ihn über den Winter provisorisch isoliert. Ihr müsst wissen, dort oben können die Winter so hart werden, dass jeder Bürger das Recht darauf hat, seine Räume auf mindestens 24 Grad aufheizen zu können. Anderenfalls würden die Leute dort erfrieren. Wie dem auch sei. Dadurch konnte man das Fenster aber nicht mehr öffnen. Also habe ich mir einen Stuhl genommen und mit aller Kraft die Scheibe eingeschlagen. Und bei der Flucht habe ich mir dann die Schnitte zugezogen."

„Hat Susie überlebt?", fragte Laila ernsthaft berührt. Eli nickte.

„Ja, wir waren gerade noch rechtzeitig wach geworden. Und die Rettungsdienste waren zum Glück auch schon unterwegs. Natürlich musste sie so schnell wie möglich ins Krankenhaus", beendete Eli seine Geschichte.

„Du hast sie gerettet", sagte Laila anerkennend.

„Ich schätze, das habe ich getan", bestätigte Eli. „Aber genug davon, sonst werde ich noch so melancholisch wie Inspektor Griesgram hier." Er schlug Ben kameradschaftlich auf den Rücken. „Ben, mein Junge, was hältst du davon, wenn wir beide erst einmal eine ordentliche Fregatte frittieren? Das ist ja nicht zum Aushalten mit dir."

~

Das Planungsmeeting am Abend hielt nicht Javiers Bekannter, sondern ein Mann der zu Bens Überraschung der englischen Sprache mächtig war. Zumindest glaubte er das. Er stellte sich der kleinen Reisegruppe als *Jack* vor, obwohl das vermutlich nicht sein richtiger Name war. Er ließ die Jugend sitzen, blieb selbst aber stehen. Jack wirkte, als sei sein größtes Leid im Leben, dass er kein Amerikaner war. Kaugummi kauend in Armeehose und offensichtlich auch bei Nacht mit Fliegerbrille ausgestattet stand er vor ihnen, als sei er ihr Kommandant. Dennoch versuchte er sich an Humor, während er den Ablauf der Tour erläuterte. Demnach würden sie sich am Morgen des Aufstiegs dort vor dem Reisebüro treffen und zwar *German time*, also ausnahmsweise pünktlich.

„Das glaubt der doch selbst nicht", murmelte Eli zu Ben herüber, der gespannt lauschte. Vom Reisebüro würden sie mit dem Wagen zum Südwesthang des Vulkans gebracht, wo sie den Aufstieg beginnen würden. Am ersten Tag ginge es dann am Westhang bis auf 4000 m Höhe, wo sie ihr Basislager aufschlagen würden. Zelte, Schlafsäcke und Isomatten würde das Unternehmen stellen. Aber es sei ganz wichtig, dass jeder Teilnehmer mindestens 5 l Wasser mitführte.

„Fünf Liter?" Ben pfiff durch die Zähne. Davon seien zwei zum Kochen, bestätigte Jack. Noch vor Sonnenaufgang würden sie dann vom Basislager wieder aufbrechen. Das Lager könnten sie aufgebaut stehen lassen und erst auf dem Rückweg wieder mitschleppen. Von dort aus würden sie zum Krater hinaufsteigen und kurz nach Sonnenaufgang dort ankommen. Anschließend würden sie wieder hinuntersteigen, was erheblich schneller ginge, sodass sie gegen Mittag schon wieder am Fuß des Vulkans ankommen könnten. Aber das Allerwichtigste – Jack hob den Zeigefinger – seien geeignete Schuhe. Ohne ordentliche Wanderstiefel käme keiner mit auf die Tour. Jack schaute vor allem Javier und Eli an. Der eine trug wie viele Peruaner, wenn sie auswärts waren, feine Halbschuhe und der andere von Staub und Schmutz gefärbte Havaianas, die wenn Eli sie nicht trug zumindest stets an einem großen Karabiner auf halber Höhe von seinem Rucksack baumelten.

„Sind diese Schuhe hier ausreichend?", fragte Ben, der eigentlich immer wandertaugliches Schuhwerk trug. Er streckte zur Demonstration seine Füße aus.

„Ja, das dürfte gehen", bestätigte Jack nach einem kurzen Blick.

Und Ben war beruhigt, dass sie nicht wirklich Stiefel für jeden auftreiben mussten, sondern vernünftige, feste Schuhe ausreichten. Dann konnte der Aufstieg eigentlich nicht allzu beschwerlich sein.

„Gibt es sonst noch Fragen?" Jack schlug die Hände zusammen. Alle schüttelten den Kopf. Trotz seines fast schon karikativen Auftretens beruhigte Jacks Vortrag Laila etwas. Er strahlte Selbstbewusstsein aus und schien zu wissen, was er tat. Im Gegensatz zu den drei Chaoten, mit denen sie unterwegs war, konnte er klare Aussagen treffen und genaue Angaben machen.

LEKTION 5

Man sollte immer ein paar Kerzen auf dem Zimmer haben (und Feuer natürlich), denn der Strom fällt hier bereits aus, wenn es zu stark regnet oder zu viele Leute gleichzeitig Novela gucken. Und dann kann es auch schon mal seine drei Tage dauern, bis das Licht wieder geht. Öllampen wären natürlich auch nicht schlecht. Aber wer hat so etwas heute noch?

1

Es wurde ernst. Und das hieß, es mussten Vorbereitungen getroffen werden. Wasser und Nahrungsmittel konnten sie an jeder Ecke kaufen, aber für kaltes Wetter waren Ben und Laila überhaupt nicht ausgestattet. Eli hatte kühn behauptet, man könne sich bestimmt irgendwo Kleidung leihen, und wie immer in solchen Dingen sollte er Recht behalten. Auch hierzu mussten sie nicht weit in die Ferne schweifen. Denn Javiers Eltern boten bereitwillig an, ihnen alles Nötige zu borgen. Außerdem hatte Javiers Mutter sie alle zu sich zum Essen eingeladen. Eine Einladung, der die Gefährten nur allzu gerne folgten. Ben und Laila waren neugierig, wie es bei einer peruanischen Familie aussah, und Eli würde eine kostenlose Mahlzeit nie ablehnen. Allerdings mussten sie dazu mit dem Colectivo in ein kleines Dorf in den Bergen fahren, nur wenige Kilometer vor der Stadt.

„Was ist ein Colectivo?", wollte Ben wissen, als sie alle vier an einer großen Kreuzung standen, an der die Zufahrten einer historischen Brücke über den Fluß zusammenliefen.

„Na, so etwas wie ein Bus halt, nur etwas weniger organisiert", antwortete Eli.

„Und du bist sicher, dass wir an der richtigen Stelle stehen? Ich sehe hier nirgendwo ein Schild oder sonst etwas, das darauf schließen lassen würde, dass hier Busse abfahren", gab Laila misstrauisch zu bedenken.

„Ja, daran müsst ihr euch gewöhnen. Man muss hier im Grunde wissen, wo die Haltestellen sind und mit welcher Linie man fahren will. Denn meist sind die Angaben zu Fahrtrichtung für

Fremde wenig aufschlussreich", klärte Eli sie auf. „Aber um euch zu beruhigen: Wie ihr sehen könnt, sind wir nicht die einzigen, die hier warten." Und tatsächlich waren in der Zwischenzeit mehr und mehr Leute hinzugekommen, unter anderem einige alte Frauen mit vielen Tüten voller Einkäufen vom Markt und ein paar einheimische Touristen mit Rucksäcken, an denen aber weder Schlafsäcke noch Isomatten hingen.

„Die wollen bestimmt zur Schlucht", meinte Eli.

„Was für eine Schlucht?"", fragte Ben.

„In der Nähe des Dorfs, wo Javiers Eltern wohnen, gibt es einen schmalen Canyon, durch den ein Strom fließt. Der ist bei gutem Wetter ein beliebtes Ausflugsziel von den Leuten hier. Und wo ich so drüber nachdenke, könnten wir da eigentlich auch mal hin – nicht heute versteht sich", erläuterte Eli.

„Und was gibt es dort zu sehen?", fragte Ben weiter.

„Nun, zum einen gibt es am Ende des Canyons einen Wasserfall, unter den man sich auch stellen kann, und zum anderen ist dabei schon der Weg das Ziel. Da wir kein Auto haben, müssten wir vom Dorf aus erst einmal ein, zwei Stündchen durch die Wüste marschieren. Aber dann durchwandert man die gesamte Schlucht, die an vielen Stellen an unsere Canyons in der Wüste erinnert, aber schön grün bewachsen ist. Dabei watet man einen Großteil der Strecke durchs flache Wasser. Also, wenn ihr Peru mal von der schönen Seite erleben wollt, kann ich euch das wirklich empfehlen. Kostet vor allem auch nichts", führte Eli seine Beschreibung weiter aus.

„Es ist schön da und es kostet nichts? Könnt ihr mir mal erklären, warum wir nicht das machen, anstatt auf den Vulkan zu steigen?", fragte Laila, die Hände in die Hüften gestemmt.

„Warum anstatt?", gab Eli zurück. „Dieses Land ist ein Feld der Freuden, die nie vergehen. Wir können einfach beides tun."

„Wolltest du nicht deine Angst besiegen?", raunte Ben seiner Schwester zu.

„Aber das muss ich vielleicht nicht gleich als erstes machen", raunte Laila zurück und neigte sich ihm dabei zu wie ein verliebtes Schulmädchen.

Als der Colectivo für peruanische Verhältnisse pünktlich ankam, hatte sich am Straßenrand eine regelrechte Traube von Menschen eingefunden, die augenscheinlich alle mitfahren wollten. Dabei konnte jeder auf den ersten Blick sehen, dass der klapprige, laute Kasten nicht genug Platz für alle hatte. Ein junger Mann hatte sogar zwei Matratzen herangeschleppt. Wie auch immer er sich den Transport auf dem kleinen Fahrzeug vorgestellt hatte.

„Also, der Ausdruck *Bus* war vielleicht etwas übertrieben, Eli. Wie sollen wir da alle reinpassen?", fragte Ben ungläubig.

„Doch, das passt schon. Ihr werdet sehen", war Eli sich sicher.

Schon bevor der Colectivo zum Stehen kam rief ein junger Mann in der offenen Schiebetür: „Baja! Baja! Baja!" Als wolle er die Leute in seinem Fahrzeug endlich loswerden. Dann ging das Gedränge los. Alles Gepäck, was einigermaßen zusammenhielt wurde auf das Dach geladen, von Kartoffelsäcken bis hin zu großen Bündeln Kleidung. Zum Schluss wurden die Matratzen einfach darüber gelegt und mit dem Gepäckträger verschnürt. Das alles geschah in Windeseile und war offensichtlich Routine. Derweil waren die freien Sitzplätze im Nu vergeben, wenngleich es den Besitzern dank der peruanischen Standardkörpergröße gelungen war erheblich mehr Sitzplätze in dem kleinen Bus unterzubringen, als Ben für möglich gehalten hätte. Das musste allerdings schon vor Jahrzehnten geschehen sein, denn die roten Kunstlederbezüge der Sitze waren spröde und an vielen Stellen weit aufgerissen. Von Eli erfuhr Ben, dass es sich meist um ausrangierte Fahrzeuge aus China und Korea handele. Häufig hätten sie sogar noch die asiatischen Schilder drin gelassen, die hier kein Mensch lesen konnte. Obwohl bereits alle Sitzplätze belegt waren, stiegen die Leute weiter fleißig ein und drängten sich in den schmalen Gang zwischen den Sitzreihen.

„Na, dann mal rein mit euch, wir essen zeitig", grinste Eli.

„Da passen wir doch unmöglich noch rein", stöhnte Ben. Aber es ging. Gebeugt, weil die Decke so niedrig war, standen die drei Jungs dichtgedrängt im offenen Raum vor den Sitzreihen. Laila wiederum hatte sich vorne zwischen Fahrer- und Beifahrersitz auf den Kasten setzen können, unter welchem sich der Motor zu befinden schien. Ab und zu konnte Ben sie zwischen all den Leuten hindurch sehen. Sie schaute dann meist nach vorn durch die Windschutzscheibe, weil sie sonst mit der Aussicht auf Schritte und Gesäße hätte vorlieb nehmen müssen.

„Siehst du, geht doch", flachste Eli, der sich mit beiden Händen an einer der Haltestangen festhielt, die für sie beide ungünstig im Nacken unter der Decke befestigt waren.

„Wie man's nimmt", meinte Ben.

„Sieh es mal positiv: Wir werden hier drin gewiss nicht umfallen", scherzte Eli weiter. Aber schon nach dem ersten Ruck, als der Colectivo losfuhr, stellte sich das als falsch heraus. Ben hing plötzlich knapp über dem Schoß der alten Frau, die neben ihm in der ersten Sitzreihe saß. Mit aller Kraft zog er sich an der Haltestange wieder nach oben.

„Disculpe", sagte er der Frau und versuchte den Mangel an Worten durch einen möglichst sanften Ton wieder wettzumachen. Aber die Frau winkte lächelnd ab. Erst als Ben sich an den heißen Fahrstil des Busfahrers gewöhnt hatte und gelernt hatte sich aufrecht zu halten, konnte er seine Aufmerksamkeit auf die Musik richten, die laut aus kleinen, selbst montierten Lautsprechern unter der Decke schallen ließ.

„Die Musik dazu ist echt der Knaller", grinste er nun Eli an.

„Das ist überwiegend Chicha, aber einige Cumbia-Songs sind leider auch dabei", erklärte Eli.

„*Chicha* wie das Getränk?"

„Haha, gut gemerkt. Ja, das heißt tatsächlich beides so. Vielleicht gibt es da einen Zusammenhang. Gewöhne dich jedenfalls besser an diese Musik. In den Clubs hören die jungen Leute viel Reggeaton, was schon übel genug ist. Doch das hier wirst du überall sonst hören, vor allem wenn ihr später mehr auf dem Land unterwegs seid. Aber ganz ehrlich? Ich denke, nichts wird uns in Zukunft schneller wieder im Colectivo über die Anden schaukeln lassen, als eine saftige Prise Chicha auf den Ohren."

„Baja iglesia! Baja iglesia!", rief der Busbegleiter, der bei voller Fahrt in der offenen Schiebetür auf dem schmalen Tritt stand und sich irgendwo im Innenraum festhielt.

„Baja!", rief eine Frau aus den hinteren Reihen, die Ben nicht einmal sehen konnte.

„Ah, jetzt kann ich dir ganz gut erklären, wie das hier mit dem Aussteigen funktioniert. Da es hier, wie du bereits festgestellt hast, keine wirklichen Haltestellen gibt, muss man vorher genau wissen, wo man aussteigen will. Jede Haltestelle ist nach etwas benannt, das sie charakterisiert. Das können Straßennamen sein, aber auch so etwas einfaches wie *Autowerkstatt*. Wir kommen jetzt an die Haltestelle *Iglesia*, also *Kirche*. Das kündigt die Keule da draußen kurz vorher durch lautes rufen an. Wenn da jemand aussteigen will, ruft er *baja*, was eigentlich der Imperativ ist und *Aussteigen!* bedeutet. Aber die Leute interessieren sich im Straßenverkehr nicht für Grammatik. Es heißt einfach immer *baja*. Kinderleicht zu merken. Du kannst auch ankündigen, dass du aussteigen willst. In diesem Fall hättest du dann von dir aus *baja iglesia* gerufen", klärte Eli Ben auf.

„Alles klar, verstanden", nickte Ben, war sich aber sicher, das Prozedere erst einmal Javier und Eli zu überlassen. Gleich nachdem der Bus so ruckartig zum Stehen gekommen war wie beim Anfahren, beobachtete Ben wie sich einige Leute im Bus bekreuzigten. Es waren vor allem ältere Leute, aber ein paar jüngere waren auch unter ihnen. Wenn sie sofort danach hinausgestürmt wären, hätte Ben schwören können, dass sie Gott für die Gelegenheit dankten, den Bus lebend wieder zu verlassen. Aber die Leute blieben, also musste es schlicht an der Kirche gelegen haben. Ein paar Leute aus dem vorderen Stehbereich stiegen aus und drückten dem Schreihals seinen Obolus in die

Hand, der sich auf kurzen Strecken nur im Rahmen einiger Dutzend Centimos pro Fahrgast befand. Aber auch die Frau aus den hinteren Reihen kämpfte sich nach vorn. Ben konnte sehen, wie die Fahrgäste im Gang der Reihe nach beiseite gedrückt wurden und den Sitzenden ihre Hintern und Rucksäcke in die Gesichter drückten. Ben hatte den Impuls Platz zu machen, aber niemand sonst setzte sich in Bewegung, was seine Bestrebung im Keim erstickte. Währenddessen pries der Busbegleiter lauthals die wichtigsten Stationen auf dem Rest der Strecke an, als wolle er sie vor Feierabend noch auf dem Markt loswerden. Nachdem sich die Frau endlich durchgekämpft hatte, stiegen bereits die neuen Fahrgäste hinzu. Dann ging die Fahrt weiter. Je näher sie dem Stadtrand kamen, desto leerer wurde der Bus, sodass Ben und Eli bald auch sitzen konnten. Umständlich hatte Ben sich neben Eli in eine der Sitzreihen geklemmt. Javier, der für einen Peruaner ebenfalls recht groß war, musste noch stehen. Aber er strahlte dabei die Lässigkeit der Gewohnheit aus.

Als der Bus an einer Ampel hielt, fiel Bens Blick auf ein Werbeplakat an einem der vielen Geschäfte, die wie ein Garagenverkauf aussahen. Es war eine Werbung für Autobatterien, die wie scheinbar alles rund ums Werken zum Angebot dieser Garage gehörten. Ben fragte sich, ob der Besitzer das Plakat selbst gemacht hatte, denn im Kern bestand das Motiv aus nichts weiterem als einer Autobatterie auf leuchtend gelbem Hintergrund mit einem Pin-Up dahinter, welches für den Betrachter kaum etwas der Fantasie überließ.

„Der hat das mit dem *sex sells* aber etwas sehr wörtlich genommen", sagte Ben zu Eli und deutete nach draußen.

„Ja, das machen die hier alle so. Funktioniert doch aber auch. Ich meine, wenn ich da als Anwohner vorbeikäme, würde ich doch auch mal kurz stehenbleiben. Wahrscheinlich würde ich sogar jeden zweiten Tag dort einkaufen", scherzte Eli. *„Schatz, ich geh noch mal los, die Schrauben sind schon wieder alle!"* Beide lachten, aber in Bens Kopf erschien ihm alles nur widersprüchlich. Es gab so viele Details, die für ihn einfach kein schlüssiges Ganzes ergaben.

„Irgendwie ist dieses Land wie eine Wundertüte, in der vom Kruzifix bis zum Sexspielzeug einfach alles enthalten sein kann", sagte er. Eli grinste und stupste ihm mit der Faust an die Schulter.

„Ja Mann, langsam fängst du an zu sehen, was ich sehe", sagte er freudig. „Als ich hierherkam, kam ich mir vor wie in einem Computerspiel. Überall gibt es kleine Läden und Apotheken, wo man sein Inventar auffüllen kann. Man kann verruchte Gestalten in finsteren Gassen kennenlernen und es gibt jede Menge Quests, auf die man sich begeben kann. Wenn du das Ganze als Spiel siehst, werden Unannehmlichkeiten zu Herausforderungen, die nach und nach deine Skills aufbessern. Wo wir gerade beim Thema sind: Ist dir aufgefallen, wie viele Internet Cafés es hier noch gibt? Die sind hier gut und gerne 10 bis 15 Jahre hinterher und zocken COUNTER STRIKE im Internet Café wie wir damals noch in der Schulzeit."

An der letzten Haltestelle, bevor es aus der Stadt hinaus ging, hatte sich der Bus so weit geleert, dass die Mehrheit der Sitzplätze frei war. In erster Linie waren ältere Semester verblieben, aber auch eine junge Frau, die in den Serpentinen die Berge hinauf endlich den Raum dazu fand, ihr Baby zu stillen.

Ben war heilfroh zu sehen, dass das Kind in all den bunt gewebten Tüchern, in die es bei der Hitze gewickelt war, nicht längst erstickt war. Er sah zu Laila hinüber, um zu sehen, wie es ihr ging. Sie schaute neugierig zu allen Seiten aus. Dabei wirkte sie herrlich unbeschwert, fast wieder kindlich. Obwohl dieser Eindruck von Bens Erinnerungen an ein früheres Ich seiner Schwester gefärbt sein mochte. Ob zu gleicher Zeit oder nicht; Menschen schienen zumindest auch vergangene Ichs zu haben, einzig verbunden durch den andauernden Prozess der Veränderung. Bis der Faden schließlich riss.

Am Ende der Serpentinen führte die Straße schnurgerade durch den Berg. Statt einen Tunnel zu bauen, hatte man den kleinen Rücken schlicht durchschnitten. Durch diese geometrisch saubere Schlucht stieg die Straße weiter an, sodass der Motor des Colectivos ordentlich zu kämpfen hatte. Am oberen Ende türmte sich bereits das Zementwerk in den Himmel, an welches das Dorf grenzte, in dem Javiers Familie wohnte.

„Wenn man mit dem Reisebus aus den Bergen kommt, kann man das Zementwerk schon von weitem sehen; besonders nachts, wenn es erleuchtet ist wie eine Raumstation. Dann weiß man immer, dass man bald zurück ist", erklärte Eli.

„Also führt nur diese Landstraße in das Tal?", fragte Ben.

„Nein, im Wesentlichen gibt es zwei Routen, eine in die Berge hinauf und eine hinunter zur Küste. Es gibt auch noch eine Straße in den Süden, aber die werdet ihr kaum fahren, es sei denn, ihr wollt den Salzsee ansehen und wie alle Touris Fotos mit erzwungener Perspektive machen", antwortete Eli.

„Ach, einen Salzsee gibt es auch?", schmunzelte Ben. „Sag das mal lieber nicht zu laut." Er warf einen flüchtigen Blick zu Laila, die aber mit dem Zementwerk beschäftigt war, das sich nun direkt vor ihnen erhob. Dahinter lag scheinbar nichts als felsige Wüste. Aber als sie hinter der Fabrik in das Dorf einfuhren, sahen sie schnell, dass es dort eine kleine, grüne Schlucht mit Palmen und sogar einem Badehaus gab.

Wo Wasser ist, ist Leben, dachte Ben, für den dieser Anblick genau das zum Ausdruck zu bringen schien.

„Baja esquina", rief Javier und der Busbegleiter wiederholte seinen Ruf, als könne der Fahrer schlecht hören. Dabei stand Javier nach wie vor genau hinter diesem bei Laila.

Zu Fuß auf der Straße zum Haus der Familie bellte den Gefährten von jedem zweiten oder dritten Dach ein Hund entgegen; *lebende Alarmanlagen*, wie Eli sie nannte. Mancher Hund verbrachte fast sein ganzes, armseliges Leben auf dem Dach eines Hauses, sofern man überhaupt von Dach sprechen mochte. Denn die meisten Häuser schienen einfach mit einem Viertelstockwerk aufzuhören, aus dem die Stahlstangen der Eckpfeiler noch herausragten.

„Eli, ich habe das unten in den Vorstädten auch schon beobachtet. Weißt du, warum so viele Häuser unfertig zu sein scheinen?", fragte Ben.

„Naja, jeder hofft halt, irgendwann noch mal einen Stock darauf bauen zu können, um auch die Großmutter noch unterzukriegen. Bis zu vier Stockwerke gehen hier glaube ich ohne Architekt. Außerdem spart man Steuern, wenn man in einem unfertigen Haus wohnt", grinste Eli. Ben lachte, denn gerade der letzte Satz ließ das Stadtbild für ihn sehr viel mehr Sinn ergeben. Im Geiste flog er über ein gebirgiges Land voller Städte mit chronisch unfertigen Bauklotzhäusern.

An der Haustür empfing sie Javiers kleine Schwester Luz. Sie war ein zierliches Mädchen mit sonniger Austrahlung und fast schon asiatisch anmutenden Gesichtszügen. Sie trug ein enges Tanktop und dazu einen kurzen Rock. Überrascht von unerwarteten Schönheit ging ein kurzer Ruck durch Ben, den Laila wohl bemerkte. Sie schaute weg, als das Mädchen ihn zur Begrüßung umarmte. Strahlend führte Luz sie in das Wohnzimmer, an dessen Ende eine Essecke anschloss. Sie lief barfuß und schien in Lailas Augen vor Energie zu hüpfen. Ben genoss ihren Anblick, als sie ihr folgten. Der Tisch war bereits ausgezogen und gedeckt. Javiers Mutter, Arianna, war eine ausgesprochen herzliche Dame, die ihre Gäste ebenfalls mit offenen Armen empfing und ohne Umwege zu Tisch bat. Das Essen sei auch gleich schon fertig. Nach dieser Ankündigung verschwand sie wieder in der Küche.

„Siéntanse!", wies Luz ihnen sich zu setzen. Kurz darauf trat Javiers Vater herein, ebenso kleingewachsen wie seine Tochter, und hatte eine stereotypische Inkanase. Er brachte einen großen Krug mit, den er mitten auf den Tisch stellte. Lächelnd winkte er in die Runde. Dabei sprach er so leise, dass Ben nicht einmal einzelne Worte herauszuhören vermochte. Dann setzte auch er sich. Verlegen schauten die beiden Geschwister in die Runde. Eli hingegen fühlte sich wie überall zu Hause.

„Eduardo?", sprach er Javiers Vater an und fragte, ob man sich schon am Krug bedienen dürfe.

„Si, claro, claro!", bestätigte dieser und wies seine Tochter an auszuschenken. Noch ehe sie sich versah, hatte auch Laila einen vollen Becher vor sich stehen.

„Was ist das?", fragte sie.

„Das ist Uvachado, so eine Art selbst gekelterter Kirschwein mit ganzen Früchten", erklärte Eli, was Ben jedoch nach einem Blick in seinen Becher cum grano salis nahm.

„Alkohol?", vergewisserte sich Laila.

„Definitiv", grinste Eli. Da hob Eduardo auch schon seinen Becher und alle taten es ihm gleich. Arianna kam schnell aus der Küche zurück, um mit ihnen anzustoßen. Eduardo sagte noch ein paar Worte, die sicherlich eine Willkommensrede waren, die Eli jedoch nicht übersetzte. Außerdem sprach er sehr leise und rauchig. Schließlich hielt er seinen Becher noch höher und verlautete: *salut!*, was alle zum Trinken aufforderte. Nur Laila ließ ihren Becher unangetastet wieder sinken.

„Tienes que probar, esta rico!", forderte Luz sie mit ihrem unermüdlichen Lächeln auf das Getränk zu probieren. Demonstrativ nahm sie selbst noch einen Schluck. Laila zögerte, nippte dann aber. Der Wein war furchtbar süß aber auch fruchtig und überraschend lecker.

„Mira! Esta rico, no está?", fragte Luz. Laila nickte und nippte noch einmal, bevor sie den Becher wieder wegstellte.

„Javiers Schwester schafft mit einem Satz, woran ich mir die Zähne ausgebissen habe?", raunte Eli, der zwischen Geschwistern saß. Ben schmunzelte.

138

„Ich bin auch beeindruckt. Und ausgesprochen süß ist sie auch noch", sagte er.

„Mhm, wobei man da schon fast aufpassen muss. Hier in Peru sehen auch die Schulmädchen oft reifer aus, als sie sind. Luz ist auch erst 15", grinste Eli. Ben sog zischend die Luft ein und wurde etwas rot.

„Ja, keine Sorge. Deswegen muss man ja nicht gleich leugnen, dass sie hübsch ist. Warte nur besser noch ein paar Jahre." Eli zwinkerte Ben zu und dieser lächelte verlegen zurück.

Zu essen gab es Caldo Blanco, eine Art Eintopf mit Fleisch, Gemüse und Kartoffeln, der allen vorzüglich schmeckte. Arianna war sichtlich erfreut, dass ihre Küche mundete und nötigte Ben sofort eine zweite Portion auf. Während des Essens wurde fleißig weiter Wein ausgeschenkt und dank Elis Redseligkeit wurde es eine gesellige Runde, wenngleich Ben und Laila häufig nicht verstanden, was gesprochen wurde. Bens Blick wanderte ungewollte immer wieder zu der bezaubernden Luz hinüber, die ihn glücklicherweise ignorierte. Stattdessen bemühte sie sich um eine Unterhaltung mit Laila, die ihr gegenüber saß, und brachte ihr ein paar neue Worte bei. Die junge Peruanerin beeindruckte seine Schwester. Da sie noch so jung war, stufte Laila sie nicht als Bedrohung ein. Gleichzeitig schien sie all das zu sein, was Laila nicht war, aber immer hatte sein wollen.

Nach dem alle satt waren und der Tisch abgeräumt war, holte Arianna einen Haufen Kleidung herbei. Vieles davon war Arbeitskleidung von Javiers Vater, der im Straßenbau tätig war und oft wochenlang in der Eiseskälte der Andenhöhe schuftete. Es gab dicke Arbeitsjacken, Pullover und Schals aus Alpacawolle sowie Handschuhe. Für Ben gab es zudem eine gefütterte Mütze im schicken Bauarbeiterorange. Für Laila hatte Luz einen Chullo, eine typische Wollmütze, wie man sie im Zentrum überall für wenig Geld kaufen konnte.

„Estas linda!", sagte Luz, als sie Laila die Mütze zurechtrückte.

„Ich glaube, sie sagt, du siehst süß damit aus", übersetzte Ben für seine Schwester.

„Si, muy linda", sagte Luz erneut und zupfte noch etwas an Lailas neuem Outfit herum.

„Das muss ich aber auch sagen", meinte Ben, „Die Mütze steht dir wirklich gut." Laila lächelte verlegen. Nach der Anprobe wurde gefeiert. Der Krug wurde aufgefüllt und Javier spielte laute Musik ab – Chicha versteht sich. Sofort begann die Familie zu tanzen. Luz nahm Laila bei den Händen und zog sie auf die freie Fläche zwischen Couchtisch und Fernsehbildschirm. Fröhlich begann die Peruanerin vor ihr zu tanzen. Laila, die mittlerweile etwas mehr von dem Wein getrunken hatte, stieg lachend mit ein.

„Du willst nicht tanzen?", fragte Eli und setzte sich mit seinem frisch gefüllten Becher zu Ben an den Tisch.

„So weit, dass ich dazu tanzen kann, bin ich noch nicht", grinste Ben. „Aber es ist schön das mit anzusehen."

„Ich denke, ich weiß, was du meinst", sagte Eli und klang dabei mitfühlend, wie nie zuvor. „Ich bin sicher, dass auch in deiner Schwester eine strahlende Elfe steckt. Wir müssen sie nur ausgraben. Aber das schaffen wir schon. Wäre doch gelacht."

~

Als der Abend zu Ende ging, war es bereits zu spät, um den Bus zurück in die Stadt zu nehmen. Also bot Eduardo an, sie zum Hostel zu fahren. Die Geschwister beteuerten zwar, es sei kein Problem, ein Taxi zu rufen. Immerhin hatte Javiers Vater ordentlich vom Uvochado getrunken. Aber er versicherte ihnen im Gegenzug, dass das kein Problem sei und irgendwie mochten sie es ihm nicht ausschlagen. Liebevoll wurden sie von den Frauen verabschiedet. Luz gab sogar jedem noch einen Kuss auf die Wange. Zum Schluss hatten Ben und Laila sich in der Familie gar nicht mehr verlegen gefühlt. Die Ausgelassenheit der Peruaner hatte jede Befangenheit hinweg gefegt. Irgendwie hatten sie sich auch mehr und mehr verständigen können. Zwar nur in kurzen Phrasen und mit Hilfe vieler Zeichnungen in der Luft, aber genug um die ganze Zeit über lauthals zu lachen.

„Alkohol spricht jede Sprache", hatte Arianna scherzend erklärt.

Als Eduardo die Schiebetür seines zerbeulten Hochdachkombis öffnete, hatten die Geschwister jedoch den starken Eindruck, etwas missverstanden zu haben. Denn anstatt auf Sitze blickten sie in einen fensterlosen Laderaum voller alter Reifen und Kisten.

„Subanse!", sagte Javier und machte sogleich den Vortritt. Kurzerhand schichtete er sich etwas Gerümpel zu einem Sitz auf und nahm Platz. Ben und Laila sahen sich skeptisch an, taten es ihm dann aber gleich, denn keiner von beiden wollte jetzt eine Diskussion anfangen. Eli schlug daraufhin die Schiebetür zu und setzte sich zu Eduardo auf den Beifahrersitz. Die Fahrt verlief ausgesprochen ruhig, da der Verkehr nachts fast zum Erliegen kam. Dennoch fuhr Eduardo sehr langsam, bemüht den mächtigen Schlaglöchern auszuweichen, die es auf jeder Straße gab. Das beruhigte etwas und schon bald fanden Ben und Laila die Fahrt sogar ganz amüsant. Wann kam man sonst in die Gelegenheit auf einem Autoreifen in einem rostigen Lieferwagen durch eine Großstadt zu fahren? Dazu lief Chicha im Radio, was die Situation noch absurder wirken ließ. Als sie an einer T-Kreuzung hielten, warteten auf der Rechtsabbiegerspur bereits zwei Motorradpolizisten. Javier war gerade lauthals in einen Witz mit Eli vertieft. Die beiden brüllten und lachten mehr, als dass sie sich unterhielten. Und das Beifahrerfenster stand weit offen.

„Jungs, vielleicht sollten wir uns für den Moment etwas unauffälliger verhalten", gab Ben zu bedenken und nickte in Richtung der Streife.

„Ach, darüber machst du dir Sorgen", schmunzelte Eli, der während der Fahrt einen Joint gedreht hatte und diesen gerade zudrehte. „Dann schau dir das mal an." Eli steckte sich die Knolle in den Mund und zündete sie an. Sekunden später breitete sich eine dicke Rauchwolke im Fahrzeugraum aus und drang zweifellos auch auf die Straße raus. Ben hielt vor Schreck den Atem an. Aber zu seiner Überraschung schauten sich die Polizisten nicht einmal um. Eli grinste ihn über die Schulter an.

„Hast du geglaubt, die hätten Bock sich jetzt um so eine Lappalie zu kümmern?", fragte er. „Viel zu viel Stress. Da tun die lieber so, als hätten sie nichts bemerkt." Er nahm noch ein, zwei schnelle Züge, und reichte den Joint nach hinten.

2

Am Morgen des Aufstiegs standen Ben und Laila vor ihrem Hostel an der Straße. Wie immer mussten sie auf Eli warten, weil sie sich nach wie vor nicht an das lateinamerikanische Tempo gewöhnen konnten – insbesondere dann nicht, wenn sie zur Pünktlichkeit aufgefordert worden waren. Gepaart mit der Furcht vor dem Aufstieg, nagte der vermeintliche Zeitdruck umso mehr an ihrer Geduld. Verschlafen und nervös schwiegen sie sich an. Aber Eli nahm ihnen mit seiner unerschöpflichen Energie sogleich allen Unmut, als er aus dem Taxi stieg und sie gewohnt fröhlich umarmte.

„Na, seid ihr fit?", grinste er sie an, bekam darauf aber keine Antwort. „Richtig, ihr ward ja nicht so die Morgenmenschen." Mit Mühe und Not gelang es ihnen, einen ihrer Rucksäcke in den angedeuteten Kofferraum des Taxis zu quetschen. Den anderen mussten sie während der Fahrt auf den Schoß legen. Eli klärte sie auf, dass auch diese winzigen Autos, die den Großteil der Taxiflotte auszumachen schienen, Importe ausrangierter Fahrzeuge aus Korea seien, wo sie praktisch ausschließlich dazu gedient hätten, die Kinder zur Schule zu bringen.

„Aber Hauptsache wir sind auf dem Weg. Zwar 15 Minuten zu spät, aber das macht nichts. Wir sind ja schließlich in Peru, nicht wahr?", scherzte Eli und behielt wieder einmal Recht. Als sie vor dem Reisebüro ankamen, waren weder Javier noch Jack schon vor Ort. Javier kam etwa fünf Minuten später zu Fuß. Er war etwas aus der Puste, weil er sich offenbar beeilt hatte und der Rucksack dabei ungewohnten Widerstand leistete. Bei Javiers

Anblick konnte Ben sich ein Lachen nur mit Mühe verkneifen. Nichts an seiner Kleidung ließ vermuten, dass er wusste, wohin es überhaupt ging. Er trug blendend weiße Turnschuhe und dazu eine schwarze Leggins. Seine stylische Sonnenbrille wurde von einem magentafarbenen Stirnband gekrönt und seine Handgelenke zierten dicke Schweißbänder im gleichen Ton.

„Will er auf den Berg rauf joggen?", fragte Laila irritiert.

„Wenn ich es nicht besser wüsste, würde ich sagen, es sieht ganz danach aus", grinste Eli. Für peruanische Verhältnisse fast schon pünktlich eine halbe Stunde nach *German time* fuhr Jack in seinem Pickup-Truck vor. Natürlich mit Fliegerbrille und an diesem Tag auch mit einer Cap, fing er den stereotypischen Army-Look überzeugend ein. Dazu passte, dass auf der Ladefläche des Wagens zwischen den zusammengepackten Schlafsäcken, Isomatten und Zelten ein weiterer Mann saß. Er war klein gebaut, fast jungenhaft, aber seine abgewetzte Kleidung, sein finsterer Blick und die Charles-Bronson-Frisur ließen ihn mehr wie einen Söldner aussehen. Auf Ben wirkte er, als habe er bereits dem Tod ins Auge gesehen.

„Gehört Charles Bronson zu unserer Gruppe?", fragte Ben leise.

„Gut möglich", meinte Eli. Der Fremde rührte sich nicht, als Jack ausstieg und sie mit ausgebreiteten Armen begrüßte.

„Schön, dass ihr schon alle da seid, dann kann es ja gleich losgehen", sagte er und schlug die Hände zusammen. Dann zeigte er auf Javiers Schuhe und verfiel sogleich in wütendes Spanisch, während er zurück zum Pickup ging und ein paar Wanderstiefel von der Ladefläche holte.

„Ich habe doch gewusst, dass wieder einer aus der Reihe tanzt. Aber mit Turnschuhen lasse ich ihn auf keinen Fall auf den Vulkan steigen", sagte er und wies Javier an zu probieren, ob ihm die Stiefel passten. Zum Glück schien es zu gehen. Also luden sie die Rucksäcke auf den Truck und fuhren los. Die Fahrt ging quer durch die Stadt in Richtung Südwesten, was Ben allein anhand der Vulkane ausmachen musste, denn außerhalb der Altstadt sah für ihn alles noch ungleich viel gleicher aus. Hinter der Stadt ging es sofort eine holprige, fast einspurig wirkende Straße in die Kluft zwischen den Vulkanen hinaus. Über den kargen Hang verteilt standen mit einigem Abstand viele kleine, fast würfelförmige Gebäude mit Wellblechdach, in denen auch ein erwachsener Peruaner nicht hätte stehen können. Drumherum war nichts als Geröll und gelegentlich ein provisorischer Zaun.

„Sind das alles kleine Stallungen?", wollte Ben wissen. Eli schüttelte den Kopf.

„Nein, das sind Wohnhütten, die hier errichtet wurden, weil es kein offizielles Stadtgebiet mehr ist. In solchen Siedlungen leben die ärmsten der Armen, die für einen Soles fünfzig irgendwo illegal auf dem Bau arbeiten, wenn sie Glück haben", klärte Eli ihn auf. „Die haben praktisch nichts außer dieser Behausung. Die meisten haben da drin nicht einmal eine Matratze."

„Oh mein Gott", flüsterte Laila.

„Ja, stellt euch mal vor, wie heiß es in diesen Dingern tagsüber sein muss und wie kalt und feucht es in der Regenzeit sein muss", stimmte Eli ihrem Entsetzen zu. Von der holprigen Straße aus ging es auf einen Feldweg der auf den Vulkan zuführte. Ben warf einen Blick auf die staubige Ladefläche, wo Bronson auf seinem

Rucksack saß und tausend Meilen in die Ferne starrte.

„Achso Ben", riss Eli ihn aus seinen Gedanken. „Die Straße, auf der wir gerade waren, ist übrigens die einzige nach Süden raus. Die, von der ich dir erzählt habe. Das erklärt vielleicht, warum man im Grunde immer die Ost-Westroute fährt, wenn man irgendwo hin will. Stell dir da mal die ganzen LKWs und Reisebusse drauf vor." Der Feldweg endete auf einer staubigen, von trockenen Büschen umstellten Fläche, auf der Jack einen Halbkreis schlug und den Wagen hielt. Ohne große Umschweife begann er die Ladefläche des Pickups leer zu räumen und die Gefährten stellten ihre Ausrüstung zusammen. Jack hatte auch für jeden einen ramponierten Wanderstock dabei, der sich für Laila und Ben noch als unverzichtbar erweisen sollte. Javier und Eli lieferten sich damit aber erst einmal ein Fechtduell.

„Also gut", sagte Jack, als sie sich gegen die brennende Vormittagssonne eincremten, und deutete auf Bronson. „Das hier ist Miguel, euer Guide auf dieser Tour. Ich werde euch morgen Mittag genau hier wieder abholen. Habt ihr noch irgendwelche Fragen?"

„Sie kommen gar nicht mit?", platzte Laila heraus.

„No, no, no. So gern ich mit euch spazieren gehen würde, habe ich doch zu viel zu tun. Aber keine Sorge, Miguel kennt sich hier aus wie in seiner Westentasche", antwortete Jack und grinste dabei unter seiner Fliegerbrille hervor. „Also, ich wünsche euch viel Spaß, wir sehen uns morgen!" Mit diesen Worten stieg er ins Auto und brauste davon.

„Okay", sagte Laila, während sie Jack nachschaute. „Spricht

unser Guide auch Englisch?"

„Wahrscheinlich kein Wort", mutmaßte Eli. „Aber das kriegen wir schon hin. Ich kann ja für euch übersetzen."

Das erste Stück des Wegs die fingerartigen Felsausläufe des Vulkans hinauf war die drückende Hitze das einzige Erschwernis. Zwar hatten sie lange Zeit das Gefühl, der Spitze überhaupt nicht näher zu kommen, aber dafür war die Steigung noch sehr leicht. Und so herrschte gute Stimmung in der Gruppe. Man hatte das Gefühl auf einem einfachen Wanderausflug zu sein und genoss den Ausblick auf die unwirtliche Umgebung. So weit es noch Vegetation gab, war die Luft vom Summen großer, fliegender Insekten erfüllt, die wie eine überdimensionierte Mischung aus Hummel und Motte mit einem nochmal so langen Stachel an der Schnauze aussahen. Laila fuhr zusammen, als plötzlich eines dieser Insekten auf ihrem Arm saß.

„Keine Sorge, die stechen nicht", nuschelte Eli, der gerade ein Stück Banane zerkaute.

„Ja, ich weiß, der Rüssel ist zum Nektar sammeln. Trotzdem erschrecke ich mich, wenn ein daumengroßes Vieh auf mir landet", erwiderte Laila und vertrieb den hartnäckigen Falter.

„Y tú? Todo bien?", fragte Eli seinen Freund. Javier nickte.

„Si, si, si", sagte er mit cooler Miene. In der aktuellen Situation erschienen Laila seine Schweißbänder gar nicht mehr so abwegig. Sie musste sich enorm zügeln, nicht schon das meiste Wasser gleich in den ersten Stunden zu verbrauchen. Andererseits war der Gedanke, das Gewicht auf ihrem Rücken zu vermindern nur allzu verlockend. Sie war froh, dass Ben das Zelt trug und sie dafür die aufgerollten Isomatten.

Am frühen Nachmittag trat die Vegetation endgültig zurück und der Untergrund wurde zunehmend sandiger. Auch ging es nun steiler bergauf, was die vier Gefährten bald aus der Puste brachte. Nur Miguel schritt weiter vorweg, als befänden sie sich auf einem einfachen Sonntagsspaziergang. Er blieb so schweigsam, wie sie ihn am Morgen kennengelernt hatten. Auch die anderen wurden unter der zunehmenden Anstrengung schweigsamer. Nur wenn Eli wieder einen Schluck aus der Wasserflasche nahm, stieß er lauthals auf und zwei bis drei *pajeros* schallten über den Berghang. Was Laila, die vor ihnen ging, ungewollt zum Schmunzeln brachte. Nach einer dünenartigen Senke, in der ihre Füße tief in den Sand einsanken, erreichten sie einen ebene Terrasse, die zum Teil von großen Felsen umringt war. Auf einem war ein weißes Holzkreuz aufgestellt, das in das Tal hinunter blickte. Hier sprach Miguel seine ersten längeren Worte.

„Früher war hier das sogenannte CAMP DER PYRAMIDEN, an dem immer das Basislager aufgeschlagen wurde", übersetzte Eli. „Aber seitdem hier einer mal gestorben ist, geht man aus Respekt nun noch eine Terrasse weiter hinauf zum ADLERHORST."

„Was? Hier ist mal jemand gestorben?", hakte Laila nach und rang dabei nach Luft. Das letzte Stück durch den tiefen Sand den Hang hinauf, war sehr anstrengend gewesen.

„Ja, aber kein Tourist, sondern ein Guide. Über die näheren Umstände weiß ich auch nichts. Miguel will nicht so recht darüber reden. Ich habe den Eindruck, er hat sich umgebracht", mutmaßte Eli. „Immerhin meint Miguel, das sei aber kein Problem. Der andere Platz ginge genauso gut. Das CAMP DER

PYRAMIDEN sei nur schöner gewesen, weil die Felsen nachts den Wind etwas abgehalten habe." Ben sah zum Holzkreuz hinauf, während sein Geist mögliche Szenarien durchspielte, die sich an diesem Ort zugetragen haben mochten. Dann sah Ben zu seiner Schwester, die sich zum Glück nicht dieselben Gedanken zu machen schien. Überhaupt schien die Krankenhauseskapade bei ihm mehr Spuren hinterlassen zu haben, als bei ihr. Er fragte sich, ob es daran lag, dass in jener Nacht Lailas Gefühlswelt weniger durcheinander gerüttelt worden war, oder ob sie in Wahrheit viel stärker war, als es ihr selbst bewusst zu sein schien.

„Kommt weiter! Miguel und Javier sind schon vorausgegangen", rief Eli zwischen den Felsen hindurch.

Das letzte Stück des Tages war zugleich auch das beschwerlichste. Es ging recht steil bergauf, weswegen der Weg nun in Schlangenlinien durch das Geröll führte. Beides gab jedoch nur einen kleinen Vorgeschmack auf das, was sie am nächsten Morgen erwarten würde. Dennoch waren sie mittlerweile etwas erschöpft von den Stunden unentwegten Marsches und kamen nur noch schleppend voran. Oben im ADLERHORST fühlen sie sich wie auf den Spuren einer vergangenen Expedition. Das unebene Areal war von kleinen Ringen aus Geröll und Steinen übersät, die Zeltplätze zu markieren schienen. Außerdem hatten ihre Vorgänger eine kleine Mauer zur Hangseite hin aufgeschichtet. Miguel und Javier waren bereits dabei ihre Zelte aufzubauen. Ben und Laila beeilten sich es ihnen gleich zu tun, denn im Schatten des Berges ging die Sonne recht früh unter und es wurde bereits frischer. Eli ging Javier zur Hand, da er mit in seinem Zelt schlafen würde. Wie sich herausstellte, war es gar nicht so leicht bei auffrischendem Wind auf dem unebenen Boden ein zufriedenstellendes Ergebnis zu erzielen. Zudem hatten ihre Zelte im Laufe vieler Touren sichtlich gelitten.

„Naja, für eine Nacht wird es schon gehen", sagte Ben nicht gewillt sich länger mit dem unförmigen Gebilde abzumühen. „Auch wenn sich Bernard bei dem Anblick vermutlich die Nackenhaare aufstellen würden." Laila kicherte, während sie noch versuchte eine Leine an einem großen Stein zu befestigen.

„Er hätte wahrscheinlich schon bei unserer Planung einen Herzanfall bekommen", flachste sie. „Wir haben vor Aufbruch noch nicht einmal kontrolliert, ob das Zelt überhaupt vollständig ist und alle Heringe da sind."

„Ist es nicht. Die Stangen für das kleine Vordach fehlen", bemerkte Ben schmunzelnd. „Aber hätten wir die Sache deswegen abgeblasen?"

Als sie ihr Lager aufgeschlagen hatten, forderte Miguel ihre zwei Liter Wasser zum Kochen ein. Er hatte in einer windgeschützten Nische an der kleinen Mauer bereits einen großen Gaskocher aufgebaut. Während er für sie kochte, zogen sich die Gefährten in ihren Zelten weitere Schichten Kleidung an.

„Erstaunlich, wie kalt es plötzlich wird, wo es tagsüber doch so heiß war", bemerkte Laila, während sie sich ihren Chullo aufsetzte. Ben nickte.

„Zum Glück sind wir darauf vorbereitet", sagte er. „Hoffen wir, es reicht auch aus."

Zu essen gab es Spaghetti mit Tomatensauce. Für Gewürze

schien das Budget nicht gereicht zu haben. Dafür reichte Miguel ihnen einen Becher Pfefferminztee dazu. Laila, Ben und Eli saßen auf der Mauer und blickten in den Sonnenuntergang. Javier zog es vor, seine Portion allein im Zelt zu verputzen.

„Ist das nicht atemberaubend?", fragte Eli.

„Man kommt sich vor, wie auf einem fremden Planeten. Alles ist so klein dort unten, dass es genauso gut eine Marskolonie sein könnte", malte Laila aus.

„Du hast Recht", stimmte Ben zu. „Besonders wenn man einfach gerade hinunter schaut und die Bergausläufer wie auf einer Satellitenaufnahme sieht. Überhaupt sieht das Tal aus wie ein riesiger Krater mit den Vulkanen drumherum."

„Auf jeden Fall sieht man jetzt erst richtig, was wir heute schon alles geschafft haben. Da fällt mir ein: Miguel sagt, dass man auf die anderen Vulkane auch rauf könne. Das sei sogar etwas einfacher als hierauf, weil sie weniger hoch und nicht so steil sind", berichtete Eli beiläufig.

„Natürlich haben wir uns aber gerade diesen ausgesucht", grummelte Laila. „Warum es sich leicht machen, wenn man es auch schwierig haben kann."

„Ja, ich wollte es euch auch schon fast nicht gesagt haben", gab Eli scherzhaft zu und rollte ein paar Nudeln um seine Gabel. Noch während sie aßen, begann die Sonne so schnell zu sinken, dass sie praktisch dabei zusehen konnten. Nur für einen Moment färbte sie sich tief orange und blutete in den Himmel. Vor der untergehenden Sonne konnten sie Miguels Silhouette vor seinem Zelt stehen sehen. Da er nun auch einen Chullo trug, ließen ihn seine Umrisse wie ein richtiger Inka wirken. Dann verschwand die Sonne hinter dem Berghang. Mit der Dunkelheit nahm auch die Kälte schlagartig zu, sodass die drei bald in die Zelte flüchteten. Sie krochen in voller Montur in die Schlafsäcke und froren dennoch die ganze Nacht.

LEKTION 6

In Peru ist man zu jeder Tages- und Nachtzeit man selbst. So lange man nichts Schlimmes anstellt, interessiert es hier nämlich keine Sau, was man macht. Deswegen tut man lässig immer das, was einem Spaß macht. Dann ist dieses Land ein Feld von Freuden, die nie vergehen.

Als sie von Miguel geweckt wurden war es noch mitten in der Nacht. Weil die Sonne so früh untergegangen war, hätten sie trotzdem sechs Stunden Schlaf gehabt haben können. Aber die Kälte hatte sie wach gehalten. Außerdem wirkten die dünnen, zerfledderten Isomatten angesichts des steinigen Bodens geradezu lächerlich. Es musste die ungemütlichste Nacht gewesen sein, die Ben und Laila je erlebt hatten. Deswegen waren sie fast froh, dass es so früh weiterging. Zum Glück brauchten sie das Lager auch noch nicht abzubauen. Sie nahmen lediglich Wasser mit, von dem sie jedoch wenig trinken würden. Denn es war eiskalt und ihren Körpern widerstrebte es, seine verzweifelten Bemühungen zu heizen auf diese Weise untergraben zu lassen. Als Ben und Laila bereit für den Abmarsch waren, diskutierte Javier gerade mit Miguel. Beide wirkten etwas aufgebracht.

„Ist irgendwas los?", fragte Ben an Eli gewandt, der gerade vor seinem Zelt stand und eine Banane aß. Eli sah so aus als trüge er einfach sämtliche Kleidung am Körper, die er besaß. Aber er schaffte es dabei dennoch lässig auszusehen, während Ben sich in seiner zusammengewürfelten Montur vorkam wie ein Clown.

„Ich weiß nicht", antwortete Eli mit vollem Mund. „Aber ich geh mal hin." Genüsslich seine Banane essend, schlenderte Eli zu der Auseinandersetzung und hörte zu, bis Javier und Miguel zu einer Einigung kamen.

„Und?", rief Ben hinüber.

„Javier bleibt hier", antworte Eli.

„Warum kommt er denn nicht mit?", fragte Laila, als Eli mit

Miguel wieder zu ihnen gestapft kam.

„Ach, weil er eine Pussy ist. Er sagt, ihm sei schlecht und schwindelig wegen der Höhe. Aber ich glaube, ihm ist einfach nur kalt", knurrte Eli. „Was soll's, kann halt nicht jeder so cool sein wie wir. Ich meine, seht euch an! Ihr seht aus wie zwei Alpakahirten, die eine Baustelle überfallen haben. Trotzdem zieht ihr das durch."

„Okay, schade", meinte Ben. „Muss er jetzt hier auf uns warten?"

„Das hat ihm Miguel klipp und klar gesagt. Schließlich kann er hier nicht auf ihn aufpassen", antwortete Eli. Im Gänsemarsch folgten sie Miguel einen schmalen, in das Geröll getretenen Pfad den Hang hinauf. Es ging nun viel steiler und in sich endlos windenden Serpentinen hinauf. Es war stockfinster. Aber die Nacht hatte eine feine Schicht Schnee gebracht, der den Boden sachte zu illuminieren schien. Über Stunden befanden sie sich in einer kleinen Welt aus schneebedeckten Steinen, die von nichts als Schwärze umgeben war. Und wenn sie eine Treppe aus Geröll zwischen großen Felsen hinauf stiegen, kamen sie sich voll und ganz vor, als würde der Schatten Mordors über ihnen drohen. Dazu schien es nun noch viel kälter zu sein. Die dünne Luft schnitt eisig in ihre Nasen, spendete aber nie genug Sauerstoff, als dass je ein Atemzug zu genügen schien.

Nach etwa einer Stunde kam Laila kaum mehr voran. Alle paar dutzend Schritt brauchte sie eine längere Verschnaufpause. Die anderen waren ihr bereits ein gutes Stück voraus. Nur Ben blieb immer wieder stehen und wartete bis sie zu ihm aufgeschlossen hatte. Er versuchte jedes Mal ein paar aufmunternde Worte zu finden, aber diese waren nie seine Stärke gewesen. Dennoch war

Laila froh ihren Bruder an ihrer Seite zu haben. Denn sie wusste, dass er zur Not immer eine Lösung finden würde. Er wusste, wo er bei Bedarf eine Information her bekam oder von wem er die nötige Hilfe bekommen konnte. Ben war nicht entgangen, dass er Lailas Verfassung nicht unbedingt verbesserte. Also rief er Eli herbei, der sich gerade mit Miguel unterhalten hatte. Lächelnd kam er den Weg zu ihnen herunter gestapft.

„Was geht ab Leute? Alles klar bei euch?", begrüßte er seine Freunde und strahlte wie immer die ewige Wärme seines sonnigen Gemüts aus.

„Laila macht die dünne Luft zu schaffen, kann man da irgendwas machen?", fragte Ben. Eli grinste, dann stieg er zu Laila herab. Verschmitzt lugte er unter seiner Kapuze hervor.

„Na, Mäuschen, wie geht's? Alles senkrecht? Ach nee, geht ja nicht bei dir... also zum Glück, ne... oder?" Manchmal empfand Laila ihn als anstrengend, besonders in Momenten wie diesen. Aber falls Eli ihr irgendwie helfen konnte, wollte sie es nicht unversucht lassen.

„Ich... habe nicht genug Luft, um mich zu bewegen. Und wenn ich es tue, wird mir schwindelig. Ich muss mich gefühlt alle zehn Meter hinsetzen, um wieder atmen zu können. Ich weiß nicht, was ich machen soll", antwortete sie. Aber Eli war bereits dabei, die Handschuhe auszuziehen. Dann öffnete er seine Jacke und kramte eine kleines, durchsichtiges Plastiktütchen hervor, in welchem sich ein Haufen kleiner Blätter befand, die Laila ein wenig an Lorbeer erinnerten.

„Hier, nimm ein paar, die werden dir helfen, besser mit der Höhe zurecht zu kommen." Mit diesen Worten hielt er ihr das zerknitterte Tütchen hin.

„Was ist das?", wollte Laila wissen.

„Cocablätter, die machen dich wieder fit", erklärte Eli.

"Cocablätter?!" Laila war irritiert, dass Eli ihm einfach so Drogen anbot. „Ist das überhaupt legal?"

"Na klar", entgegnete Eli. „Die bekommst du hier an jeder Ecke. Ehrlich, jeder hier kaut Coca. Ich wette Miguel hat gerade auch einen Ballen im Mund. Jahaha, das sehe ich ihm doch an dem alten Schlawiner." Der Guide reagierte nicht, sondern setzte stoisch seinen Weg fort. Falls er Eli überhaupt gehört hatte, hätte er ihn ohnehin nicht verstanden.

"Wirkt denn das auch wie Koks? Also werde ich anders davon?", fragte Laila. Eli lachte.

"Von ein paar Cocablättern? Ach was, das trinken dir hier zum Frühstück als Tee. Das ist nur wie ein wirklich starker, schwarzer Kaffee. Mit deinem Wuschelkopf macht das gar nichts. Pass auf, du nimmst dir einige Blätter", sagte er, während er es ihr vormachte. „Dann steckst du sie dir in den Mund, zerkaust die Dinger, biff du aus der Maffe eine Kugel formen kamfst." Er kaute einen Moment, bis er die Blätter zerkleinert hatte. „So, die Kugel klemmst du dir dann hinter die Wange und lässt deine Spucke den Stoff aus den Blättern lösen. Easy peasy, lemon squeezy." Eigentlich wollte Laila nicht. Aber sie wollte es unbedingt bis nach oben schaffen. Und es war noch ein weiter Weg, der nur noch schwieriger wurde. Also griff sie in die Tüte und fischte sich einige Blätter heraus.

"Nimm ruhig ein paar mehr, du wirst davon schon nicht zur Koksnase. Du wirst allerdings gleich merken, dass dein Mund kurzfristig etwas taub wird. Das ist aber ganz normal."

"Schmeckt widerlich", bemerkte Laila.

"Stimmt, aber man gewöhnt sich dran", meinte Eli. Ben nahm sich auch einige Blätter und kaute kräftig drauf los.

„Joa, als Tee wären sie mir, glaube ich, lieber", mampfte er. „Die Peruaner hauen ja eh in alle Getränke Tonnen von Zucker. Aber danke dir, Eli."

„Kein Ding Leute, euer Medizinmann ist stets zu Diensten", sagte dieser und stapfte wieder voraus. Eine Weile lang halfen Laila die Cocablätter tatsächlich. Ihr war weniger schwindelig und sie hatte sogar das Gefühl, etwas besser Luft zu bekommen. Ihr Mund kribbelte auch ein wenig, worauf sie sich konzentrierte, um weniger an ihre Situation zu denken. Denn wenngleich die Cocablätter halfen sie auf den Beinen zu halten, so lösten sie nicht ihr Sauerstoffproblem. Jeder Schritt fühlte sich an, als würde sie sich durch einen Morast kämpfen. Ihre Arme und Beine zogen an ihr, flehten sie an sich endlich hinzulegen. Was selbstverständlich eine absolut törichte Idee war. In einer weiten Kurve hielt Miguel plötzlich an. Laila wusste nicht, wie viel Zeit vergangen war oder auf welcher Höhe sie sich ungefähr befanden. Sie dachte nur noch von Schritt zu Schritt. Miguel deutete auf einige Felsen abseits des Weges und nuschelte einige spanische Worte. Dann sah er die drei erwartungsvoll an.

„Miguel sagt, hinter den Felsen dort gäbe es eine kleine Höhle, wo man sich ein wenig vor dem kalten Wind schützen kann. Das ist die letzte Stelle, an der noch jemand zurückbleiben kann. Von hier an müssen wir das durchziehen, weil wir auf dem Rückweg eine andere Strecke nehmen", übersetzte Eli und Laila ertappte sich sogleich dabei dies in Erwägung zu ziehen. Aber die Vorstellung dort draußen in der finsteren Kälte vielleicht für Stunden darauf zu warten, bis die anderen wiederkamen, erschien ihr nicht als die attraktivere Option. Es musste weitergehen.

„Also ich würde sagen, immer volle Kraft voraus, oder nicht?", fragte Eli. Ben schaute Laila an und bekam ein Nicken zur Antwort. Als sich die Gruppe wieder in Bewegung setzte, hielt Laila Ben kurz zurück.

„Ben, meine Finger tun weh und gleichzeitig fühlen sie sich so taub an. Ich hoffe, ich bekomme keine Erfrierungen", jammerte sie. Aber Ben lächelte.

„Keine Panik, so schnell geht das nicht. Deine Hände sind gerade nur schlecht durchblutet", versuchte er sie zu beruhigen und fasste sie an der Schulter. Dann setzte er sich wieder in Bewegung. Aber Laila beruhigte sich nicht. Ihre Finger schmerzten so sehr, dass sie ihren Wanderstock kaum halten konnte. Dabei brauchte sie ihn als Stütze mit jedem Schritt. In Gedanken sah sie sich schon Finger verlieren. Sie zählte all die Dinge auf, die sie womöglich schon bald nicht mehr würde tun können. Sie hatte mehr und mehr den Eindruck in ihr Verderben zu marschieren. Stück für Stück wurde sie vom Berg zermahlen, bis sie nicht mehr weiter konnte. Vielleicht war es besser komplett aufzugeben. Die Sehnsucht ihrer Glieder nach dem unheilvollen Boden wurde immer größer. Alles konnte bald vorbei sein. Es bedurfte nur einer Entscheidung.

Es tut mir leid, flüsterte Laila in sich hinein. *Es tut mir so schrecklich leid, dass ich dich in diese Lage gebracht habe.* Es tat ihr ehrlich weh, ihr anderes Ich zu diesem Schicksal verdammt zu haben. Schniefend blickte sie auf ihre linke Hand, die gerade vom Joch des Wanderstocks befreit war. Ganz langsam formten ihre Finger eine Faust. Laila war sich sicher, es nicht selbst zu tun, denn es tat höllisch weh. Jedes Fingerglied fühlte sich an, als sei es zu seiner doppelten Dicke angeschwollen. Es schien unmöglich die Hand zu schließen, aber es gelang. Zittrig, aber bestimmt schüttelte Laila die Faust. Wir sind stark, drang es ihr plötzlich ins Bewusstsein. Wir schaffen das. Eine seltsame Energie schien aus Lailas Faust und durch ihren Körper zu strömen; ein Gefühl von Entschlossenheit, wie sie es nie zuvor gespürt hatte. *Du bist gar nicht wütend*, stellte Laila fest. *Du willst viel mehr, dass ich weitermache. Also gut.* Sie biss die Zähne zusammen und richtete sich auf. Mit neuem Mut änderte sie ihren Griff um den Wanderstock. Es tat weiterhin weh wie zuvor, aber noch war sie nicht behindert. Sie würde ihre Hände benutzen, so lange sie konnte. Sie würde leben. Wie in Trance schleppte Laila sich voran. Im Nachhinein würde sie nicht mehr sicher sagen können, ob es überhaupt geschneit hatte. Aber in ihrer Erinnerung würde es sich so anfühlen, als hätte sie sich durch einen Schneesturm gekämpft. Ihre Gedanken kreisten um nichts als Luft, Kälte und müde Glieder. Irgendwann spürte sie ihre Hände nicht mehr. Aber sie war zu erleichtert darüber zumindest einige Schmerzen los geworden zu sein, um das, was dieser Umstand bedeuten konnte, an sich heranzulassen.

Wie aus dem Nichts öffnete sich der schmale Geröllpfad zu einer schneebedeckten Ebene, einer Art Vorhof zu der hohen

Felswand, die den Krater umgab. Auf der anderen Seite der Ebene klaffte eine Lücke, wie ein gewaltiges Tor in der Kratermauer. Goldenes Licht fiel aus ihm heraus, wie ein heiliger Schimmer der Hoffnung. Kam es womöglich von der Lava? Dann wären sie schon fast am Ziel. Während Laila und Ben über die Ebene schlurften, konnten sie beobachten, wie die Silhouetten ihrer beiden Begleiter in das goldene Licht eintauchten und im Berg zu verschwinden schienen. Auf halber Strecke musste Laila erneut stehen bleiben. Japsend schaute sie den steilen Abhang hinunter, über den sich das Geröll in die Tiefe ergoss.

„Das hier muss der Eingang zum Krater sein", sprach Ben das Offensichtliche aus. „Komm weiter. Wir sind fast da. Das letzte Stück schaffst du auch noch." Laila ließ den Blick vom Tor über die Ebene und dann den Abhang hinab ins Tal schweifen.

„Die Lava muss einst hier runter geflossen sein", sagte sie ehrfürchtig. „Sie hat eine regelrechte Rampe geschaffen."

„Sieht ganz so aus", nickte Ben.

„Aber siehst du auch, wo die Rampe hinführt? Wenn der Vulkan wieder ausbricht, wird die Lava doch bestimmt wieder diesen vorbereiteten Weg nehmen", überlegte Laila laut.

„Und geradewegs auf die Stadt zufließen", beendete Ben ihren Gedanken. Laila nickte.

„Ich frage mich, ob es dafür einen Notfallplan gibt, wie sie all die Menschen dort unten retten wollen, falls es wieder soweit kommt", sagte sie.

„Dann lass uns zu den anderen gehen. Vielleicht kann Miguel uns die Frage beantworten", schlug Ben vor. Laila biss sich auf die schmerzende Unterlippe. Ihr Körper wollte nicht weitergehen. Jetzt da die Sonne aufging, konnten sie die Stadt direkt vor sich sehen. So klein zwar, dass man nichts erkennen konnte, aber dennoch wie die greifbare Rettung nach ihr rufend. Dort unten würde die Morgensonne bereits wohlig auf ihr Gesicht scheinen. Aber sie würde sich nie verzeihen, so kurz vor dem Ziel aufgegeben zu haben. Also setzte sie sich wieder in Bewegung. Da sie nun nebeneinander gehen konnten, griff Ben ihre linke Hand. Diese war mittlerweile so taub, dass Laila Bens Händedruck kaum spürte. Dennoch fühlte es sich gut an. Eine lange nicht gespürte Aufregung durchströmte Ben. Sie hatten den Schicksalsberg bezwungen und waren nun im Begriff in das Feuer zu schauen, in dem einst der eine Ring geschmiedet und wieder vernichtet worden war. Tatsächlich wurde der Schnee bereits weniger je näher sie dem Tor kamen. Aber als sie schließlich um die Ecke blicken konnten, war es keine Lava, die ihnen entgegen strahlte, sondern die:

„Sonne!", rief Laila aus und hielt freudig das Gesicht in die belebenden Strahlen. Weil sie die ganze Zeit auf der Schattenseite gewandert waren, hatten sie gar nicht bemerkt, dass die Sonne längst hoch am blauen Himmel stand. Vom Kraterloch war jedoch noch immer nichts zu sehen. Stattdessen erstreckte sich eine breite, schneefreie Gasse zwischen den Dicken Felswänden hinauf. Die letzte Steigung war im Vergleich zum bisherigen Aufstieg überaus nachsichtig, aber Laila fühlte sich derart ausgelaugt, dass sie auch diese letzte Strecke innerlich verfluchte. Allein die Freude über die Sonne trieb sie weiter voran, dem wärmenden Licht entgegen.

Dann zogen sich die Felsen zu den Seiten plötzlich zurück und die beiden Geschwister blinzelten in das Innere des Kraters. Vor ihnen erstreckte sich eine karge Marslandschaft voller Geröll, eingerahmt vom Kraterrand, der sich wie ein geschlossenes Gebirge um das Ende einer Scheibenwelt erhob. Den Großteil der Kraterebene nahm ein gewaltiges, kreisrundes Loch ein, das steil in den Berg hinein ragte. Ein übler Gestank nach verfaulten Eiern ging von ihm aus. Der Grund dafür offenbarte sich, als sie näher herantraten und tiefer hineinsehen konnten. Etwa bis zur Hälfte zog sich ein eitrig gelber Belag ringsherum den Hang hinauf. Der gesamte Boden des Kraters schien statt mit glühender Lava mit dampfendem Schwefel bedeckt zu sein – alles andere als ein spektakulärer Anblick. Laila ließ sich auf das Geröll sinken.

„Und für dieses stinkende Loch sind wir hier rauf gekommen?", fragte sie nach Atem ringend.

„Nein", sagte Ben und setzte sich neben sie. „Wir haben es gemacht um es zu schaffen." Er war sich voll und ganz im Klaren darüber, dass Laila eigentlich Recht hatte. Sie waren so naiv an die Sache herangegangen; nicht nur an die Vulkanbesteigung, sondern an die ganze Reise. Besonders er hatte sich alles viel leichter vorgestellt. Aber nun sah er eine andere Qualität in dem, was sie wirklich erwartet hatte. Und irgendwie stand diese eine Aktion geradezu sinnbildlich dafür. Denn während Ben sich den Vulkan hinauf gekämpft hatte, war ihm bewusst geworden, dass ihn ab einem gewissen Punkt allein der Wille oben anzukommen noch vorangetrieben hatte. Er hatte sich selbst bewiesen, wie stark sein Wille sein konnte. Selbiges galt natürlich auch für seine kleine Schwester. Deshalb grinste er Laila nun ohne einen Hauch von Enttäuschung an.

„Und wir haben es geschafft. Wir sind auf einen 5.800 m hohen Berg gestiegen, allen widrigen Umständen zum Trotz." Mit diesen Worten hoffte er, etwas Stolz in Laila wecken zu können. Und zu seiner Überraschung nickte Laila mit einem echten Lächeln. Dann sah sie auf ihre linke Hand.

Wir haben es wirklich geschafft, dachte sie. *Ich danke dir*. Laila meinte ein Gefühl der freudigen Erleichterung in ihrer Brust zu spüren, als sie dies dachte. Dann fielen ihr ihre Finger wieder ein, die ihre Freude in Sorge ertränkten. Der Wunsch nach Gewissheit drängte sie, die Handschuhe auszuziehen. Aber die Angst vor dem Anblick, der sie erwarten mochte, hielt sie davon ab. Vielleicht war es besser, die Handschuhe erst auszuziehen, wenn sie wieder unten waren, um nicht schon hier oben in Panik zu verfallen. Schließlich stand ihnen noch der Abstieg bevor.

„Keine Sorge, mit deinen Händen wird schon alles in Ordnung sein", riet Ben ihre Gedanken. „Du kannst deine Finger ja noch bewegen, nicht wahr?"

„Aber nur sehr eingeschränkt und es fühlt sich ganz seltsam an, so als wären sie aufgeblasen", antwortete Laila. Darauf erwiderte Ben nichts, denn er wusste keine überzeugende Antwort. Zum Glück kam Eli zu ihnen herüber gestapft, der etwas weiter weg bei Miguel gestanden hatte.

„Na, was geht ab? Ist das geil oder was?", rief er im Näherkommen und grinste dabei bis über beide Ohren.

„Absolut", antwortete Ben knapp ohne zu wissen, auf welchen Aspekt Eli eigentlich anspielte. Doch das machte nichts, denn alles an diesem Moment war atemberaubend, angefangen bei der dünnen Luft natürlich.

„Haben wir einen geraucht? Nein, wir haben es einfach drauf. Kommt! Ich frage Miguel ob er ein Foto von uns macht. Dieser Augenblick muss festgehalten werden", stachelte Eli seine Gefährten gleich zur nächsten Aktion an. Dabei wollten sie gerade einfach nur ein wenig Kraft sammeln. Trotzdem hatte Eli Recht und so rafften sie sich wieder auf. Da atmete Laila hörbar ein und starrte auf ihre Hände.

„Was ist los?", fragte Ben alarmiert.

„Meine Finger kribbeln", strahlte Laila ihn an. „Beim Aufstehen muss das Blut in sie hinein geschossen sein. Ich kann sie gerade überhaupt nicht bewegen, so sehr kribbeln sie."

„Ist das gut oder schlecht?"

„Ich glaube, das ist gut", antwortete Laila. Aufgeregt versuchte sie die Handschuhe auszuziehen. Jetzt musste sie es wissen. Das war mit ihren mit Kohlensäure versetzten Fingern gar nicht so leicht. Als sich der erste Handschuh endlich abstreifen ließ, traute Laila sich nicht sogleich hinzusehen. Vorsichtig blinzelte sie durch ihre Lider und stellte schnell fest, dass ihre Finger lediglich etwas gerötet waren. Augenscheinlich war alles in bester Ordnung. Im Zuge dieser Erleichterung brach ein Damm in ihr. Mit einem Mal freute Laila sich, es geschafft zu haben und noch in einem Stück zu sein. Nun war sie sicher, dass alles gut werden würde. Und so wurde das Gruppenfoto der drei eines der ersten seit langem, auf dem sie ernsthaft lächelte.

„Miguel fragt, ob es in Ordnung ist, wenn wir uns jetzt wieder auf den Rückweg machen. Er würde gern nach Javier sehen", übersetzte Eli nach der kurzen Foto-Session.

„Von mir aus gern", antwortete Laila, die sich der Wärme im Tal und dem Schutz der Zivilisation entgegen sehnte. Ben ließ den Blick noch einmal in Ruhe über den ganzen Krater schweifen. Viel für das Auge bot er nicht. Einzig der Eindruck in der harschen Umgebung eines fremden Planeten unterwegs zu sein, hatte etwas Anziehendes. Aber für diese kindliche Abenteuerlust wollte er die anderen nicht aufhalten. Deswegen musste er diesen Moment möglichst genau in Erinnerung behalten. Als er den anderen schließlich hinterher eilte, war er überrascht, wie viel Kraft er noch in sich hatte, nachdem sie dort oben eine Weile gerastet hatten. Miguel führte die Gefährten zurück durch die Schneise im Kraterrand zu dem großen Geröllhang, an dem Ben und Laila zuvor gestanden hatten.

„Eli, magst du Miguel fragen, ob es einen Notfallplan für den Fall gibt, dass der Vulkan wieder ausbricht?", bat Laila, die sich sofort an ihr Gespräch mit Ben von vorhin erinnerte.

„Klar", antwortete Eli und wandte sich sogleich an ihren Guide. „Nein, dafür gibt es keinen Plan", eröffnete er kurz drauf. „Wenn es passiert, passiert's. Aber Miguel sagt, dass die Lava nur die oberen Stadtteile erreichen wird; quasi die, durch die wir hierher gefahren sind."

„Das ist ja beruhigend", bemerkte Ben sarkastisch. Miguel erklärte noch etwas und wies dabei den Hang hinunter. *Redet er noch darüber wo, die Lava entlangfließt?*, riet Ben, der bei der Geschwindigkeit, mit der die Leute in der Regel sprachen, nicht einmal erkennen konnte wo ein Wort endete und das nächste begann. Aber Miguel war bereits im Thema vorangeschritten.

„Da geht es jetzt runter", sagte Eli. Ben und Laila sahen in verständnislos an. „Er sagt, es sei wichtig, das vordere Bein immer steif zu halten, sonst packt man sich auf die Fresse." Kaum dass Eli das gesagt hatte, war Miguel auch schon über die Kante gesprungen und rutschte so schnell auf den Füßen das Geröll hinunter, dass er schon außer Hörweite schien.

„Ich glaube, der Rückweg geht ab wie Zäpfchen", grinste Eli und sprang hinterher. Mit seinem sportlichen Geschick hatte er den Dreh sofort raus. Ben und Laila stiegen vorsichtig über die Kante. Sie wollten erst einmal ein Gefühl für die Anforderung bekommen. Kaum dass sie angefangen hatten, kamen sie dann aber von selbst ins Rutschen. Kurz darauf surften auch sie mit Eli schreiend und jubelnd den Berghang hinunter. Vergessen schienen die Strapazen, die sie noch vor nicht allzu langer Zeit durchlitten haben. Aber die Rampe schien so viel freundlicher, sie machte es ihnen leicht, so leicht, dass sie nicht einmal mehr Probleme mit der Luft hatten. Außerdem wurde es nun auch am Westhang heller und heller. Immer wieder knickte einem von ihnen das Bein weg, sodass er kopfüber hinfiel und ein Stück den Hang hinunter rollte. Dank der dicken Kleidung tat dies jedoch kaum weh. Jeder stand stets lachend wieder auf.

„Ob man wohl auch laufen kann, wenn man nur schnell genug ist?", rief Eli, nachdem er sich erneut hingelegt hatte. Sofort sprang er wieder auf und startete den Versuch. Die ersten Meter gelang es ihm Schritt zu halten, doch dann nahm er so viel Fahrt auf, dass er nicht mehr hinterher kam und erneut vorn über stürzte. Am Ende der Rampe sahen sie Miguel nach links in die Felsen hinaufklettern. Also hielten sie auch auf diese Stelle zu, anstatt dem Geröll nach rechts zu folgen. Unten angekommen merkten sie, wie warm es wieder geworden war. Pustend rissen sie sich die Mützen vom Kopf und die Jacken auf, während sie wieder den Bergrücken bestiegen, über den sie in den Morgenstunden hinauf marschiert waren. Dass es der sein musste, wusste ihnen ihre Orientierung zu sagen, auch wenn sie im Dunkel nicht annähernd so viel hatten erkennen können. Aber erst als sie die Kuppe erreichten wurde ihnen klar, dass sie nun bereits ihr Lager erreicht hatten. Vor sich sahen sie Miguel, der hektisch seinen Rucksack packte.

„Wollt ihr mich verarschen? Wir haben gerade die ganze Strecke von heute Nacht in 25 Minuten gemacht!", rief Laila erstaunt.

„Ja, wenn der Aufstieg nicht so lang wäre, würde ich direkt nochmal rauf laufen", grinste Eli.

„Wo ist denn Javier?", fragte Ben. Aber da unterbrach Miguel bereits sein tun, um mit Eli zu sprechen. Eli hörte wortlos zu, nickte nur immer wieder oder gab ein bestätigendes *si, si ,si*. Nach seiner Ansprache packte Miguel seinen Rucksack fertig und stapfte los.

„Kannst du uns mal aufklären, Eli?", drängelte Ben.

„Ach so, folgendes: Javier ist natürlich schon losgegangen, obwohl er die klare Anweisung hatte, hier zu bleiben. Miguel geht ihn nun suchen. Er ist richtig sauer gewesen."

„Wo ist denn das Problem? Wir müssen jetzt doch auch alleine hinunter gehen, wenn er schon vor läuft", fragte Ben weiter. Eli verzog das Gesicht und kratzte sich am Kopf.

„Das Problem ist, dass Miguel nicht versichert ist, falls Javier allein etwas passiert", erklärte er.

„Das verstehe ich nicht. Es ist doch Javiers Schuld, wenn er alleine los geht", ließ Ben nicht locker.

„Aber wenn ihm was passiert, kommt heraus, dass Miguel keine Lizenz hat", klärte Eli sie endlich auf.

„Wie bitte? Er hat gar keine Lizenz?" Ben glaubte schon, sich verhört zu haben.

„Natürlich nicht. Was glaubst du denn, warum die Tour so viel billiger ist als die anderen?", sagte Eli. „Aber was macht das für einen Unterschied? Miguel kennt den Weg in und auswendig. Der läuft die Strecke mehrmals die Woche. Diese Erfahrung bekommst du durch keine Prüfung." Ben und Laila warfen sich wissende Blicke zu, sagten aber nichts. Irgendwo hatte Eli Recht. Außerdem waren sie nun im Grunde schon wieder in Sicherheit. Trotzdem fühlte Ben sich erneut in seiner Naivität ertappt.

Auf dem Rückweg brach unter den dreien wieder Klassenausflugsstimmung auf. Die Strecke war im Vergleich zu allem, was sie hinter sich hatten, äußerst unbeschwerlich. Dazu schien die Sonne schön warm und es wehte sogar ein laues Lüftchen. Die Gefährten quatschten und lachten, als hätten man es ihnen die letzten Stunden verboten. Ben sagte, das sei mit Sicherheit die beeindruckendste Erfahrung seines Lebens gewesen. Aber Eli meinte, das läge nur daran, dass er noch nichts erlebt habe. Und schon befand Eli sich in einer seiner Drogengeschichten. Er berichtete von einem LSD-Trip, den er in seinen frühen Zwanzigern gehabt habe:

„Und als ich so da saß, den Kopf in die Hände gestützt, merkte ich plötzlich, wie mein Kinn bröselig wurde. Es begann zu zerbröckeln und rann mir wie Asche aus meinen Händen. Zunächst war ich fürchterlich erschrocken, aber der Prozess war nicht aufzuhalten. Immer schneller löste ich mich auf, bis mein ganzer Körper in seine Einzelteile zerfiel; jedoch nicht in Atome, sondern in winzige Lichtpunkte in vielen Farben. Dann sah ich, dass sich die ganze Welt in farbige Punkte aufgelöst hatte, die als formlose Masse im finsteren Raum schwebten. Wo immer ich hinsah, verdichteten sich die umliegenden Punkte, bis sie die Gestalt des jeweiligen Gegenstandes annahmen. Alles war eins, aus der selben Menge von Lichtteilchen geformt, die immerzu Ausbuchtungen in unterschiedlichen Formen warfen wie die Symmetriaden in SOLARIS. Aber das Erschreckendste war, dass ich keinen Körper mehr hatte. Wenn ich mich konzentrierte, konnte ich ihn mir zwar aus der Masse der Lichtteilchen formen, aber dann zerfiel er sogleich wieder und floss zurück in die Masse. Dann war ich nur noch ein Bewusstsein, das verstört durch eine fremde Welt aus Lichtteilchen irrte."

„Und was bedeutet das?", fragte Laila, die nicht zu ergründen vermochte, was diese abstruse Geschichte mit ihrer Vulkanbesteigung gemein hatte.

„Vielleicht alles. Vielleicht nichts. Das weiß man hinterher nie so genau", antwortete Eli andächtig.

„Vielleicht alles? Vielleicht nichts? Was ist denn das für eine Erkenntnis?", lachte Laila.

„Achso, ne. Soweit bin ich noch nicht. Ich suche noch nach den Antworten. Aber immerhin habe ich schon einmal die Fragen", sagte Eli und meinte es ernst.

„Na dann", grinste Laila.

„Weißt du, es ist immer leicht für jemanden, der solche Erfahrungen noch nicht gemacht hat, sie unbesehen abzutun. Aber ich wette, du würdest anders denken, wenn du es selbst erlebt hättest", verteidigte sich Eli. „Und du müsstest dafür keine Reisen unternehmen. Du könntest ganz einfach Zuhause vom Sofa aus durch die Dimensionen springen." Darauf erwiderte Laila nichts, weil sie darüber nicht diskutieren wollte. Zum Glück entstand in Elis Anwesenheit nie peinliches Schweigen, weil er stets einen neuen Aufhänger als Gesprächsthema fand.

Als sie gegen Mittag den Treffpunkt erreichten, war Jackie bereits dort. Sein Pickup parkte mitten auf der freien Fläche. Er diskutierte gerade mit Miguel und Javier, dem es wie erwartet gut zu gehen schien. Der Guide war sichtlich wütend, aber Jack beschwichtigte ihn und ließ die Sache unter den Tisch fallen. Schließlich sei nichts passiert. Außerdem war offensichtlich, dass ein zufriedener Kunde für den Unternehmer ein guter Kunde war und das hatte für den Geschäftsmann Priorität. Mit entsprechend guter Laune begrüßte er die drei anderen Ankömmlinge und überzeugte sich sogleich, ob auch alle begeistert waren. Kaum dass sie kurz darauf im Wagen saßen und zurück fuhren, machte sich unter Eli, Ben und Laila Erschöpfung breit. Die Gewissheit, es nun endgültig geschafft zu haben, ließ ihre Körper augenblicklich die Luft herauslassen. Das hielt Eli jedoch nicht davon ab, sich über Javier lustig zu machen, weil dieser gekniffen hatte. Laila hingegen war die Fahrt über schweigsam und nachdenklich, weswegen Ben sie in Ruhe ließ und sich den Eindrücken am Straßenrand widmete.

Ach, und Laila,

irgendjemand, ich weiß nicht mehr wer, hat mal gesagt:

„Die Wirklichkeit ist nur die Geschichte,
die wir über sie erzählen."

Oder so ähnlich. Denk mal drüber nach!

Zurück in der Altstadt luden Laila und Ben ihre Rucksäcke im Hostel ab und dann trafen sich alle im PEACE & LOVE um den erfolgreichen Aufstieg zu feiern. Wobei Eli es nicht müde wurde zu betonen, dass sie Javier eigentlich nicht gebühre. Der Schatten des weit höheren Nebengebäudes erlaubte es ihnen auch in der Nachmittagssonne oben auf dem Dach zu sitzen. Ben und Laila ließen sich auf dem Sofa nieder, während Javier und Eli sich Stühle vom Tisch herüber holten, deren Beine auf der Krümmung des Dachs einigermaßen stabil standen. Die drei Jungs stießen erst einmal mit ihren großen Flaschen Pils an. Laila nahm mit einer INKA COLA vorlieb. Eli nahm mehrere Schluck auf einmal und entließ gleich im Anschluss ein röhrendes Rülpsen, das fast nahtlos in ein *pajero* überging. Dadurch bekam Ben einen Klaps auf die Stirn, bevor er das richtige Wort parat hatte. Aber Javier wurde von Eli längst nicht mehr kalt erwischt, obwohl Eli sein Timing gern in Frage stellte.

„Okay, was haltet ihr davon, zur Feier des Tages eine Knospe zu verknuspern?", fragte er und schlug sich dabei auf die Schenkel, als würde Arbeit anstehen.

„Warum eigentlich nicht?", meinte Ben und rieb sich dabei verschmitzt das Kinn.

„Ihr wollt schon wieder einen rauchen?", fragte Laila.

„Wie gesagt, warum nicht?", grinste Eli, der bereits sein Drehzeug hervor kramte. Er nahm offenbar stillschweigend an, dass Javier sowieso dabei war. Kurz darauf machte der fertige Joint die Runde unter den Jungs. Bei Eli merkte man das vor allem daran, dass sein Gesprächstempo anzog. Ben wurde lebhafter und musste viel lachen. Javier hingegen schien plötzlich inspiriert zu sein und holte eine alte Gitarre aus der Bar. Scheinbar ziellos dudelte er darauf herum. Dieser Anblick der drei brachte Laila ebenfalls zum Lachen.

„Was gibt es denn da zu gackern, junge Dame?", fragte Eli.

„Euch von außen zu beobachten ist einfach lustig", erklärte Laila.

„Na, dann passt das ja", meinte Eli. „Für uns ist es von innen nämlich auch verdammt lustig. Sicher, dass du es nicht auch probieren willst?" Laila nickte.

„Du willst nicht mit uns die Bezwingung des Vulkans gebührend feiern?" Laila schüttelte den Kopf.

„Nicht, wenn das dazu nötig ist", sagte sie. In dem Augenblick schien Javier sich an der Gitarre auf ein paar Akkorde eingeschossen zu haben. Eli schien den Rhythmus sofort zu fühlen. Er schloss die Augen und wippte etwas mit. Dann begann er zu singen:

Komm, sei doch mal nett zu dir
Sei doch mal einfach mal nett
Komm, sei doch mal nett zu dir
Hab' etwas Selbstrespekt

Komm, probier' mal was Neues aus
Sonst kommst du doch nie vom Fleck
Komm einfach mal aus dir raus
Entdecke, was in dir steckt

Eli konnte ganz und gar nicht singen, aber das glich er mit Enthusiasmus wieder aus. Javier gab nach jeder Strophe ein Zwischenspiel, das die Gesangsmelodie imitierte. Dann wechselte er unvermittelt in einen rockigeren Beat mit anderer Akkordfolge, aber Eli schaffte es ihm dabei zu folgen.

So vieles zu erleben
So vieles zu verstehen
Doch man kann es nicht erklären
Du musst es schon selber sehen

Breche aus dir aus
Du musst es schon selber sehen
Breche aus dir aus
Wir werden gemeinsam gehen

Die letzte Zeile wiederholte er ein paar Mal und gab Javier damit zu verstehen, dass das Lied für ihn vorbei war. Der verstand und führte seinen Freund mit geschickter Akkordführung auf den Grundton. Die beiden Geschwister gaben Applaus.

„Nice!", jubelte Ben.

„Wow, hast du das gerade improvisiert?", fragte Laila begeistert.

„Joa, war halt, was mir gerade so in den Kopf gekommen ist", bestätigte Eli.

„Ziemlich *whacky*, aber *cool*", gab Laila zurück.

„Danke", sagte Eli und nahm den Joint wieder entgegen.

„Tú tambien, Javier. Muy bien!", versuchte Ben sich ohne Verben zu verständigen. Der Peruaner verstand ihn jedoch und nickte lächelnd.

„Gracias, amigo!"

„Ja, Javier is unser hauseigener GUITAR BROTHER, keiner von uns wird je so spielen können wie er", lachte Eli, aber keiner lachte mit. „Was denn? Habt ihr etwa Funky Forest nicht gesehen? Der Clip mit dem Tennisunterricht auf YouTube war doch legendär! Oder der Typ, der aus der Poperze auf dem Fernsehbildschirm klettert? So eine absurde Scheiße!" Immer noch schaute Eli in ausdruckslose Gesichter. "Dann solltet ihr das nachholen. Das ist ein Trip, den man nicht so schnell vergisst. Aber ich sage euch gleich, nüchtern übersteht ihr wahrscheinlich nicht einmal die Eingangssequenz."

Als Ben Javier den Joint hinhielt, den er zuvor von Eli entgegengenommen hatte, klinkte Laila sich dazwischen:

„Darf ich auch mal?" Ben schaute sie eine Sekunde überrascht an, wobei er den rauchenden Stummel weiter in die Luft hielt.

„Bist du sicher?", fragte er.

„Ja, ich will es zumindest mal ausprobieren, neue Erfahrungen sammeln. Und wenn ich den Vulkan besiegt habe, werde ich das sicher auch überstehen."

Ben nickte mit einem Schulterzucken und reichte ihr den Joint.

„Wie muss ich das machen?", fragte seine Schwester und hielt den Stummel misstrauisch zwischen zwei Fingern.

„Also: Erst einmal saugst du daran, wie an einem Strohhalm, damit du den Rauch in den Mund bekommst", fing Ben an zu erklären und Laila folgte seinen Anweisungen. „Dann musst du ihn richtig einatmen, wie wenn du durch den Mund Luft holst. Wichtig ist, dass der Rauch in deine Lunge kommt." Aber da war Laila bereits am Husten.

„Das brennt ja fürchterlich!", klagte sie.

„Anfangs schon", bestätigte Ben grinsend. „Aber da gewöhnt man sich schnell dran, dann ist es nicht mehr so unangenehm. Versuch es nochmal." Vorsichtig zog Laila erneut an dem Joint.

„Und jetzt einatmen wie 'Oh, Mama kommt!'", erschreckte sie Ben. Es funktionierte, obwohl Laila sofort wieder den Reflex zu husten bekam.

„Drin halten", sagte Eli. "Kämpfe gegen den Drang zu husten an!" Für eine Sekunde gelang es Laila das Husten aufzuschieben, doch dann musste alles wieder heraus. „Hach, zu kurz, viel zu kurz. Versuch es noch ein paar mal! Ich baue schon mal einen neuen." Laila versuchte es weiter, schaffte es aber nie das Husten völlig zu unterdrücken.

„Gras ist für den Anfang natürlich auch nochmal ne Nummer kratziger als ne Fluppe", gab Ben zu bedenken. Aber Laila gab nicht auf, bis der Joint herunter gebrannt war.

„Und?", fragte Ben.

„Jetzt ist mir schwindelig", meinte Laila.

„Das kommt vom Tabak und ist in ein paar Minuten vorbei. Lehn dich einfach zurück und entspann dich", beruhigte sie Ben. Eine Weile lang kämpfte Laila innerlich mit dem Schwindel und fragte sich, warum man sich so etwas antat. Aber bald darauf wurde ihr Unbehagen durch ein leichtes Kribbeln abgelöst, das ihr in Wellen über ihre Haut lief.

„Fängt es an?", fragte sie in die Runde.

„Ich weiß es nicht", antworte Eli. "Hörst du das Gras wachsen?"

Darauf musste Laila anfangen zu lachen. Sie lachte über jeden blöden Witz den Eli machte, obwohl sie genau wusste, was für dummes Zeug er von sich gab. Aber in jenem Moment machte ihr das die Welt nicht schlechter. Es tat gut endlich einmal herzhaft über die Absurdität des Lebens lachen zu können. Bis sie das Kribbeln in ihrem Körper überwältigte. Laila musste sich zurücklehnen und die Augen schließen, damit ihr nicht schlecht wurde. Unweigerlich geriet sie in einen Sturm nie gehabter Empfindungen, die in jede Faser ihres Körpers zu dringen schienen. Dann wurde sie plötzlich in einen Strudel aus Myriaden abstrakter Bilder hineingerissen, die in Bruchteilen von Sekunden vor ihren Augen wechselten. Sie konnte den Sog förmlich spüren. Es war wie auf einer höllischen Achterbahnfahrt durch das Wunderland, die unaufhaltsam Fahrt aufnahm. Schon stieg schreckliche Übelkeit in Laila auf. Sie befürchtete, sie müsse sich in Kürze übergeben. Aber sie befanden sich auf dem Dach des PEACE & LOVE, da konnte sie doch nicht einfach hinkotzen. Später würde Eli meinen, sie hätte ruhig volle Kanne das Gemüse aufs Parkett husten können – einfach trocknen lassen und wegbürsten. Aber wohlerzogen, wie sie war, musste sie jetzt hinunter auf die Toilette gehen. Mit all der Willenskraft, die sie aufbringen konnte, öffnete Laila die Augen, wobei sie schwer gegen den tosenden Sog des Bilderrauschs ankämpfen musste. Als sie ihre Augenlieder endlich aufgestemmt hatte, wurde ihr jedoch schwindelig. Eine neue Welle der Übelkeit schwoll in ihrem Inneren heran.

„Ist alles gut bei dir?", hörte sie Bens Stimme. Er saß unverändert neben ihr, dennoch hatte es sich so angehört, als hätte er direkt in ihr Ohr gesprochen. Zum Glück nur ganz ruhig und leise, denn

Lailas Nerven lagen gerade blank. Zudem war sie auch nicht im Stande zu kommunizieren. Es war, als habe sie vergessen, wie man den Befehl, ihre Gedanken in Laute zu verwandeln, überhaupt an den Sprachapparat gab. Zwischen dem Sprachzentrum und ihren Muskeln klaffte plötzlich ein leerer Raum. Nichts worüber sie sich Sorgen machen konnte, denn sie musste handeln und zwar schnell. Aber das war leichter gedacht, als getan. Gefühlt stand ihr die Kotze bereits bis zum Hals. Mühsam richtete sie sich auf und krallte sich dabei unentwegt in die Sofalehne. Das half ihr, beim Aufstehen einen verlässlichen Fixpunkt zu behalten.

„Geht es dir gut? Brauchst du Hilfe?", fragte Ben noch einmal. Lailas Motorik und geistige Abwesenheit machten ihm unmissverständlich klar, dass sie ziemlich high war. Die Frage war nur, ob sie Spaß dabei hatte. Ohne zu antworten stolperte Laila zur Treppe und ging auf wackeligen Beinen hinunter aufs Klo. Das WC befand sich unter der Treppe, war aber kein so schlimmes Drecksloch, wie Laila erwartet hatte, wenngleich der Schüssel die Klobrille fehlte und der Deckel des Spülkastens in zwei Teile gebrochen war. Die Wände waren über und über mit psychedelischem Graffiti besprüht, doch immerhin funktionierte das Licht. Zwar blendete es Laila zunächst, dafür fühlte sie sich aber gleich ein wenig klarer. Kaum merklich schwankend beugte sie sich über die Kloschüssel, bemüht möglichst nichts anzufassen. Immerhin tat es gut zu wissen, dass sie sich nun in aller Ruhe übergeben konnte. Wenn sie es denn musste. Aber jetzt, da sie sich beruhigt hatte, ging es ihr bereits wieder etwas besser. Eine Weile atmete sie einfach nur durch. Prüfend lockerte sie die Muskeln ihrer linken Hand. Warum hatte sie diese überhaupt so verkrampft gehalten? Verwundert starrte Laila auf ihre Handfläche, als könne sie darin die Antwort lesen. Es fiel ihr schwer einen konsequenten Gedanken zu fassen. Hatte sie ihre Hand unbewusst so verkrampft oder war das ihr anderes Ich gewesen?

Wie vom Schlag getroffen richtete Laila sich auf und schaute in den Spiegel über dem winzigen Waschbecken. Besorgt fokussierte sie ihr rechtes Auge. *Geht es dir gut?*, stellte sie sich nun selbst die Frage, erhielt jedoch keinerlei Antwort. Laila fühlte sich besorgt, aber auch ein bisschen enttäuscht. Sie wollte mehr Kontakt zu ihrem anderen Ich, lernen ihm mehr Freiraum zu geben, damit es auch einmal etwas tun oder bestimmen konnte. Schließlich schaute die andere Laila aus diesem Auge immer bloß zu, während diese Laila den ganzen Tag die Entscheidungen traf. Immerhin hatte sie das alleinige Administrationsrecht über diesen Körper, so viel war klar. Schließlich war immerzu sie es, die jede ihrer Bewegungen frei bestimmte. Und es tat ihr nun leid, dass sie ihr anderes Ich ungefragt in diese extreme Erfahrung mit hineingezogen hatte. Aber wie sollte es auch anders gehen, wenn sie nicht laufend mit einander kommunizieren konnten?

Laila stutzte. Wie gebannt starrte sie in den Spiegel. Schauten sich dort wirklich zwei Personen an, die gleichzeitig im selben Körper wohnten? Wo lag dann der Unterschied zu einem zweiten Bewusstsein im Gehirn und einer gespaltenen Persönlichkeit? War sie krank? Musste sie zurück in die Klinik? Mit einem Mal fühlte sich Laila wie ein Monster, eine biologische Maschine, die von zwei halben Menschen gesteuert wurde. Sie bildete sich plötzlich ein den Spalt zwischen ihren Gehirnhälften spüren zu können. Schauerwellen gingen von ihm aus, die durch ihren gesamten Körper liefen. Und ihre Hirnrinde kribbelte penetrant. Bei jeder Bewegung fühlte es sich so an, als hätte sie mechanische Gelenke. Ihre Sehnen schienen pneumatische Röhren zu sein, die sich zusammenzogen und auseinanderschoben. Entsetzt wandte sich Laila vom Spiegel ab, aber das abartige Gefühl blieb, verbreitete sich mit jeder Bewegung. Panisch rannte sie hinauf und warf sich ungebremst zurück aufs Sofa, wo sie sich an Ben kuschelte. Dieser lachte über ihr Gebaren, fragte, ob sie gerade aus dem Fledermausland käme. Eli, der die Anspielung verstand, lachte ebenfalls und übersetzte den Witz. Darauf lachte auch Javier, wenn auch etwas gekünstelt. Witze übersetzen war meist nicht viel wirksamer, als Witze zu erklären. Dennoch nahm Javier die Anspielung auf:

„No hay problema, tengo un matamoscas", erklärte er, während er wie mit einer Fliegenklatsche in der Luft herumfuchtelte. Ben legte kameradschaftlich den Arm um Laila.

„Hilf mir", wimmerte sie. Ben merkte sofort, dass es ernst war, weswegen er sich angestrengt bemühte Ruhe auszustrahlen. Innerlich brach bei ihm allerdings augenblicklich Panik aus. Es war Lailas erste Erfahrung mit Gras und sie hatten ihr von Javiers *Pro*-Mische zu rauchen gegeben. Was auch immer da drin war, war mit Sicherheit viel zu viel für sie gewesen. Das hätte ihm von vornherein klar sein müssen. Er hatte es gründlich versaut. Ein wirklich toller Bruder war er. Kein Wunder, *Verantwortung* war ja auch sein zweiter Vorname. *Benjamin R. Waters.* Was für ein klangvoller Name!

„Klar, was ist los?", fragte er möglichst fröhlich, um Laila nicht zusätzlich zu beunruhigen.

„Ich will nicht zurück ins Krankenhaus", flehte sie. Ben sog zischend die Luft ein, bevor er Eli einen Wink mit den Augen gab, dass er gern einen Moment mit seiner Schwester allein hätte. Die Lage war ernst. Eli verstand sofort, tippte Javier an die Schulter und nahm ihn mit nach unten in die Bar, wo kurz darauf Doors-Musik erschallte.

„Aber du musst doch gar nicht zurück ins Krankenhaus. Wir machen hier in Südamerika über den Sommer ordentlich einen drauf und du kommst lebensfroh und Munter zurück nach Hause." Ben versuchte so überzeugend zu klingen, wie er konnte. Doch wenngleich er vom ersten Satz noch selbst überzeugt war, hatte er nun seine Zweifel, Laila ein guter Mentor zu sein. War er wirklich im Stande ihr zu helfen? Oder war es töricht gewesen, ganz allein auf die Reise zu gehen?

„Doch, weil ich krank bin. Ich bin schizophren und so etwas wird normalerweise behandelt." Ben hätte fast laut losgeprustet, aber es klang, als würde Laila gleich anfangen zu weinen.

„Ach Quatsch, du bist doch nicht schizophren. Wie kommst du denn auf den Unsinn?", erwiderte Ben, der sich angesichts des drohenden Tränenausbruchs maßlos überfordert fühlte.

„Was soll das denn sonst sein, wenn ich ein anderes Ich habe?", gab Laila zurück. Ben musste sich innerlich verfluchen. Dies war nun wirklich kein geeigneter Augenblick das auszudiskutieren. Er brauchte einen Moment, seine Gedanken zu sortieren.

„Was macht dich überhaupt so sicher, dass du ein zweites Ich hast?", fragte er schließlich. „Ich meine, letztlich spielt sich doch alles in deinem Körper und damit in dir ab. Du hast doch auch immer die volle Kontrolle über deinen Körper oder nicht? Wie geht das, wenn deine andere Gehirnhälfte von einem anderen Ich kontrolliert wird? Woher weißt du, dass es nicht doch du bist und es ist dir bloß nicht bewusst?" Laila war einen Moment still. Sie musste im Kopf die verschiedenen Arten durchgehen, auf die sich ihr anderes Ich gezeigt hatte. Mit das erste Anzeichen waren Bewegungen ihrer linken Hand, die sie nicht bewusst durchgeführt hatte, und der Eindruck, dass sich alles fremd und neuartig angefühlt hatte. Aber stimmte das? Wenn sich tatsächlich alles neu angefühlt haben sollte, weil sie Verbindung zu ihrem anderen Ich gehabt hatte. Warum war es ihr dann nicht aus demselben Grund schon bekannt gewesen? Ihr anderes Ich hatte schließlich genauso viel Lebenserfahrung wie sie. Vielleicht hatte in dem Augenblick auch einfach mit ihrer eigenen Wahrnehmung etwas nicht gestimmt. Ausschließen konnte sie das nicht. Und schon der Philosoph hatte darauf hingewiesen, dass wir bereits an so etwas wie ein Unterbewusstsein glauben. Sie musste auch nicht durchgehend bewusst atmen, das geschah ebenfalls ganz von allein. Aber es geschah unentwegt. Das konnte auch ein anderes Ich nicht andauernd leisten. Aber was war mit ihrem Erlebnis in der Sphäre? Nachdem sie aus der Badewanne gestiegen war? Dort hatte sie doch eindeutig gespürt, dass dort jemand war, der sich um sie sorgte.

„Liebe", sagte Laila. „Mein anderes Ich, gibt mir Liebe. Die kann nicht von mir kommen." Nun musste Ben schließlich doch lachen, denn das hätte auch herrliche Selbstironie sein können.

„Und wenn doch?", fragte er schnell. „Was, wenn du in Wahrheit einfach nur die Liebe zu dir selbst entdeckt hast? Vielleicht hat dich dein Unterbewusstsein endlich einmal wachrütteln müssen. Warum soll es bitte so absurd sein, dass du es selbst bist, die dir Liebe gibt? Das sollte verdammt nochmal der Normalzustand sein!" So hatte Laila das noch nie gesehen. Für sie war Selbstliebe immer etwas Befremdliches gewesen, der große Bruder der Arroganz und des Egoismus.

„Eli?", rief Ben laut über die Schulter in Richtung Treppe.

„Ja?"

„Ist es normal sich selbst zu lieben?", fragte Ben in gleicher Lautstärke.

„Das ist das normalste auf der Welt! Mehr noch, es ist das wichtigste im Leben", schallte Elis Stimme von unten herauf und brachte Laila zum Kichern. Auch Ben grinste zufrieden darüber, dass Eli so zuverlässig geliefert hatte.

„Danke!", rief er nach unten und setzte gleich darauf ihre Unterhaltung fort:

„Siehst du? Ich meine, was ist Selbstliebe im Endeffekt anderes, als sich um das eigene Wohlergehen zu sorgen? Und wessen Aufgabe ist es sonst, sich um dich zu sorgen, wenn nicht in erster Linie deine?" Bens Worte klangen überzeugend, aber so richtig vermochte Laila sie nicht zu verinnerlichen. Dafür bemerkte sie, dass ihr Schock von zuvor im Laufe des Gesprächs verflogen war. Immerhin hatte sie nun nicht mehr das Gefühl vollkommen irre zu sein und in eine Anstalt zu gehören. Ihr Herzschlag hatte sich ebenfalls beruhigt.

„Danke, Ben", sagte sie leise.

„Wofür?", fragte er stumpf zurück.

„Dafür dass du mich gerade so gut aufgefangen hast. Aber irgendwie auch für alles. Die letzten Tage waren gefühlsmäßig eine reine Achterbahn für mich und ich habe euch zugegebenermaßen häufig verflucht. Dennoch war es auch irgendwie aufregend. Ich glaube, ich habe sogar einiges daraus mitgenommen", erklärte Laila und fummelte dabei verlegen an Bens T-Shirt herum.

„Hm", schmunzelte Ben. „Gern geschehen, Wuschelkopf. Aber dafür musst du mir nicht danken. Ich hatte mit Eli bisher den Urlaub meines Lebens. Darum bin ich schon froh, dass du es halbwegs unbeschadet überstanden hast. Wenn es dir jetzt darüber hinaus tatsächlich noch nützen sollte, sind das schon verdammt gute Neuigkeiten. À propos, was hältst du davon wenn wir Mama und Papa mal anrufen? Die haben die ganze Zeit noch nichts von uns gehört?" Bei dem Gedanken an Zuhause ging Laila sofort das Herz auf. Strahlend richtete sie sich auf.

„Ja, lass sie anrufen", sagte sie. Gesagt. Getan. Ben zückte sein Smartphone und startete einen Videoanruf. Noch während sie darauf warteten, dass jemand den Anruf entgegen nahm, brach Laila plötzlich in schallendes Gelächter aus, sodass sie sich auf den Rückenfallen ließ und sich den Bauch halten musste.

„Was ist so lustig?", grinste Ben.

„Na, dass wir noch völlig high sind, wenn wir mit Mama und Papa sprechen", antwortete Laila ohne sich zu beruhigen. Nun musste auch Ben lachen.

„Keine Sorge", sagte er dann. „Ist für mich nicht das erste Mal."

„Was ist für dich nicht das erste Mal?", klang Carols stimme aus dem Smartphone heraus. Sofort rissen sich die beiden Geschwister zusammen und versammelten sich vor dem Display. Offenbar hatte Carol so lange zum Abnehmen gebraucht, weil sie Bernard gleich hinzugerufen hatte.

„Ach nichts, wir albern hier nur herum", antwortete Ben. „Aber hallo erst einmal. Schön, dass wir euch erreichen."

„Hallo, schön euch zu sehen", strahlte Bernard.

„Ja, da habt ihr wirklich Glück, das ihr uns noch erwischt habt" sagte Carol. „Bernard und ich wollten eigentlich längst unterwegs sein. Geht es euch beiden gut da unten?"

„Joa, also mir geht es prächtig. Es ist wirklich schön hier. Man merkt zwar deutlich, dass die Menschen hier mehr mit dem Ernst des Lebens zu kämpfen haben. Aber dadurch haben sie auch eine ganz andere Lebenseinstellung", antwortete Ben.

„Und wie geht es dir, Spätzchen?", wandte sich Carol an Laila.

„Mir geht es auch gut, Mama", antwortete diese. Carol hob verwundert die Augenbrauen.

„Wie hast du mich gerade genannt?", fragte sie und Laila lächelte. Doch schon ergriff Bernard das Wort:

„Ich hoffe, ihr tut nichts, was ich nicht auch tun würde?"

„Wer? Wir? Würden wir nie tun", flachste Ben.

„Ne, dafür bin ich ja auch zuständig", ertönte plötzlich Elis Stimme hinter ihnen. Laila drehte sich erschrocken um, lächelte dann aber auch ihn an.

„Mama, Papa, das ist unser neuer Freund Eli, der uns hier ein bisschen die Stadt zeigt. Eli, das sind unsere Eltern", übernahm Ben sogleich die Vorstellung.

„Ja hallo auch, ich wollte mal schauen, ob hier oben alles in Ordnung ist, und habe gesehen, dass ihr gerade in einem Call seid. Da dachte ich mir, ich könnte mir mal einen Eindruck davon verschaffen, wer diese beiden Rabauken auf uns losgelassen hat", erklärte Eli und erntete dafür höfliches Gelächter. „Haben die beiden schon erzählt, dass sie gerade einen fast 6000 Meter hohen Vulkan bestiegen haben?"

„Wie jetzt, einfach so?", fragte Bernard erstaunt.

„Ganz so einfach war es ehrlich gesagt nicht. Wir wussten gar nicht so recht, worauf wir uns da eingelassen hatten", gab Laila zu. „Aber wir können euch gleich ein paar Beweisfotos schicken, wo wir am Kraterrand stehen."

„Oh Gott, oh Gott! Bin ich froh, dass ihr uns im Vorwege davon nichts gesagt habt", sagte Carol. „Ich wäre wahnsinnig geworden vor Sorge."

„Nein, macht euch keine Sorgen. Wir haben alles im Griff", versuchte Ben jeden aufkeimenden Zweifel daran zu ersticken. „Wir sind schon ganz schön schlau für unser Alter."

„Das stimmt. Das ward ihr schon immer", lachte Bernard. „Ach Kinder, es war schön euch gesprochen zu haben. Leider müssen wir jetzt dringend los. Ich wünsche euch noch viel Spaß und hoffe ihr meldet euch nochmal wieder."

„Ist gut. Machen wir", versprach Laila.

„Und passt bitte auf euch auf!", fügte Carol hinzu.

„Immer doch", lächelte Ben.

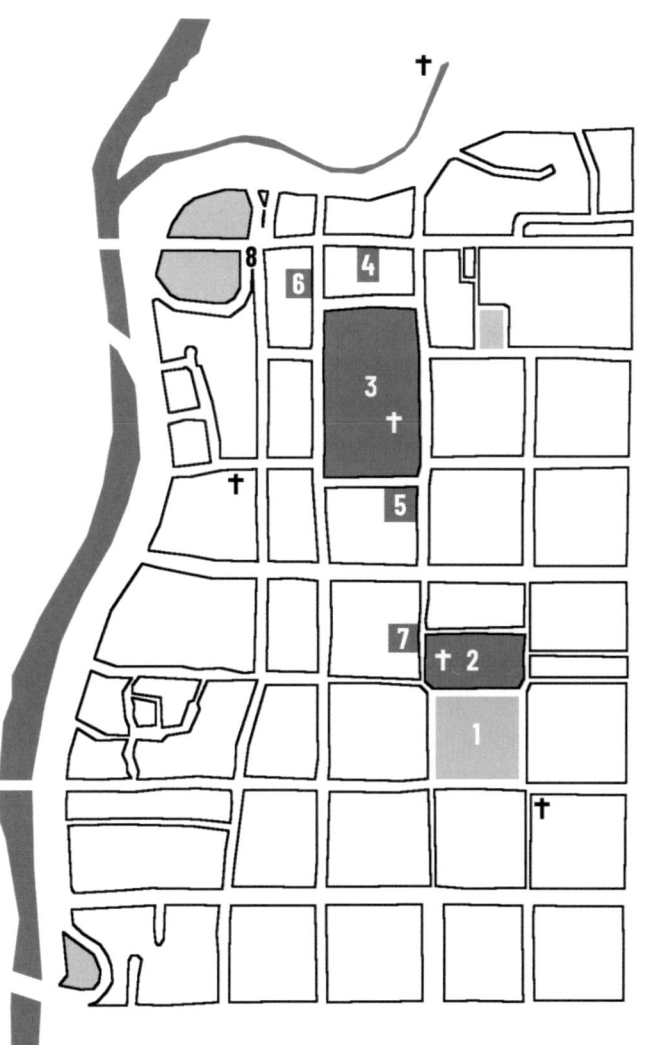

Über dieses Buch:

Eigentlich hatte Ben sich für Laila spannende Eindrücke und Erfahrungen gewünscht. Immerhin sind sie aufgebrochen, damit seine Schwester eine neue Perspektive auf das Leben bekommt. Aber als sie den lebensfrohen Herumtreiber und Psychonauten Eli kennenlernen, verwandelt sich ihre Perureise schnell in ein unkontrolliertes Abenteuer. Denn Eli plant, einen fast 6000 Meter hohen Vulkan zu besteigen.

Manchmal muss man jedoch ins kalte Wasser gestoßen werden um zu merken, dass man schwimmen kann. So zwingt Elis rücksichtsloser Charme Laila zu erkennen, dass sie ihr Glück selbst in die Hand nehmen muss, aber auch dass sie das Rüstzeug dazu bereits in sich trägt.

"Auf der anderen Seite des Ichs" ist eine von Gonzo beeinflusste Mischung aus Reiseroman und Psychodrama, die in sich gefangenen Menschen einen neuen Blick auf das Leben anbietet.